ブレイク

Mayama Jin

BREAK

真山 仁

角川書店

ブレイク

目次

主な登場人物

仁科《にしな》良一《りょういち》　地熱発電を熱心に推進する若手衆議院議員。

伊豆《いず》潔彦《きよひこ》　総理補佐官。エネルギー安全保障のエキスパート。

安藤《あんどう》幸二《こうじ》　地熱発電開発企業ジオ・エナジーのオーナー兼会長。

玉田《たまだ》寛夫《ひろお》　ジオ・エナジーの技術者にして開発責任者。

田端《たばた》康志《やすし》　ジオ・エナジーの現場監督。地熱一筋のスペシャリスト。

イアン・ブラナー　英国の王立国際問題研究所《チャタムハウス》のメンバーにして東北大学名誉教授。

片桐《かたぎり》実香《みか》　「仙台日報」のエネルギー担当記者。ブラナーと親しい。

秋吉《あきよし》麻友《まゆ》　地熱発電の推進のために活動する女子高生。

小林《こばやし》夏凜《かりん》　地熱発電を応援するアイドルグループのメンバー。麻友とは元同級生。

信田《しのだ》真砂《まさ》　前人未踏の発電法「超臨界地熱発電」の実現を目指す研究者。

御室《おむろ》純平《じゅんぺい》　信田のプロジェクトに参加した若き研究者。

安藤《あんどう》大志郎《だいしろう》　与党エネルギー族の元重鎮。幸二の祖父。

地熱発電のしくみ

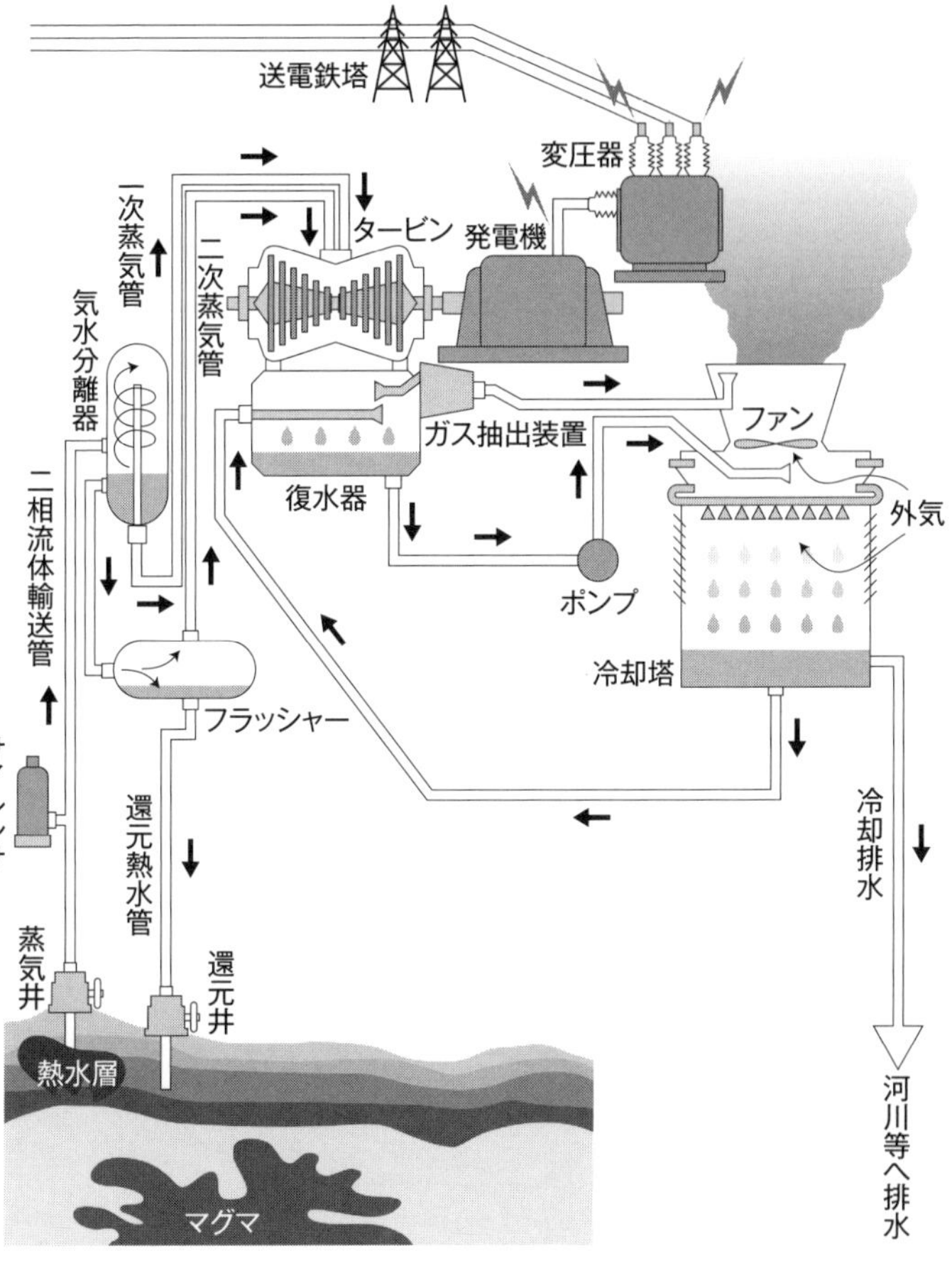

（日本地熱学会HP掲載図を参考に作成。監修：日本地熱学会）

日本の火山帯と主な地熱発電所

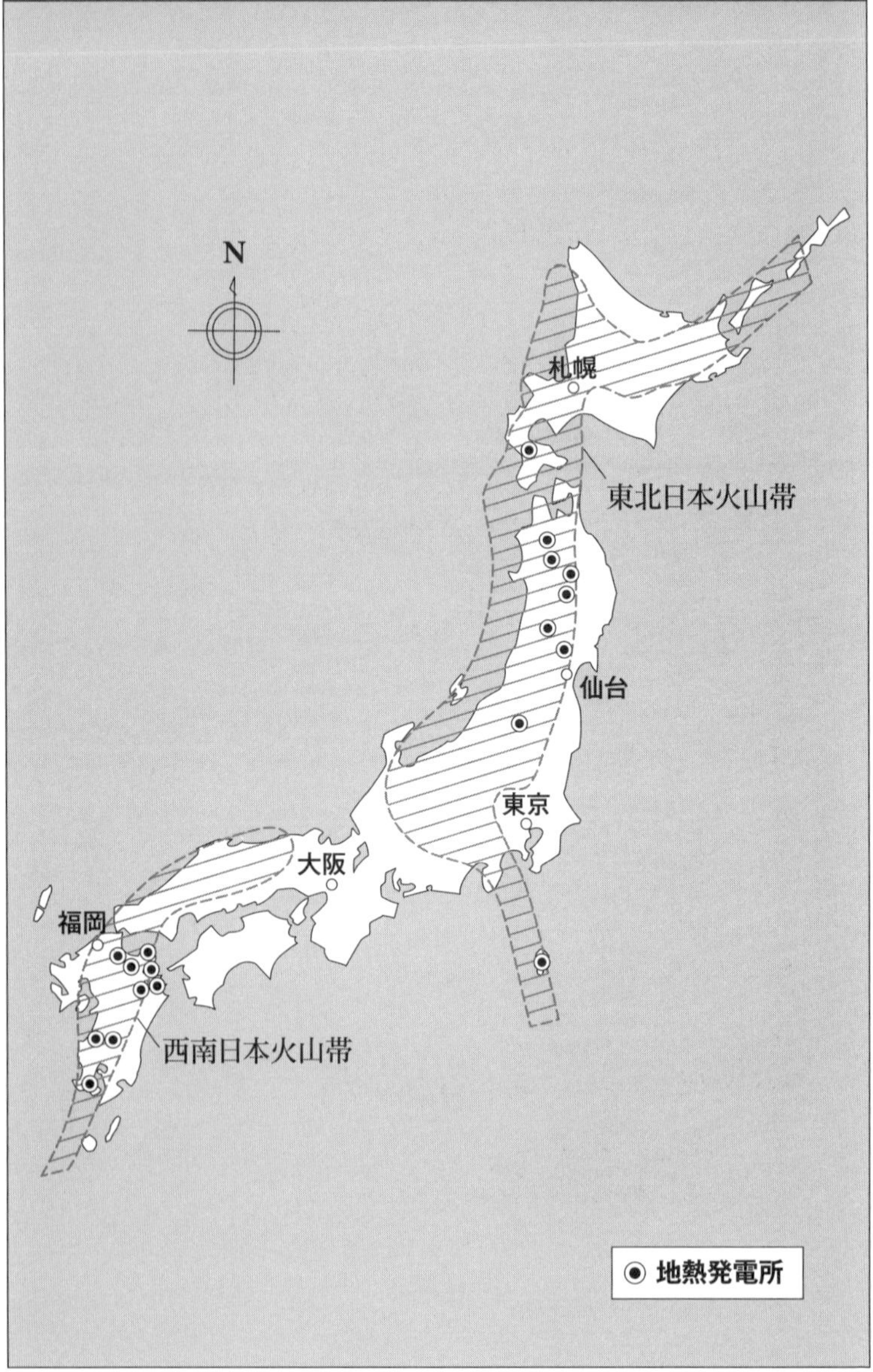

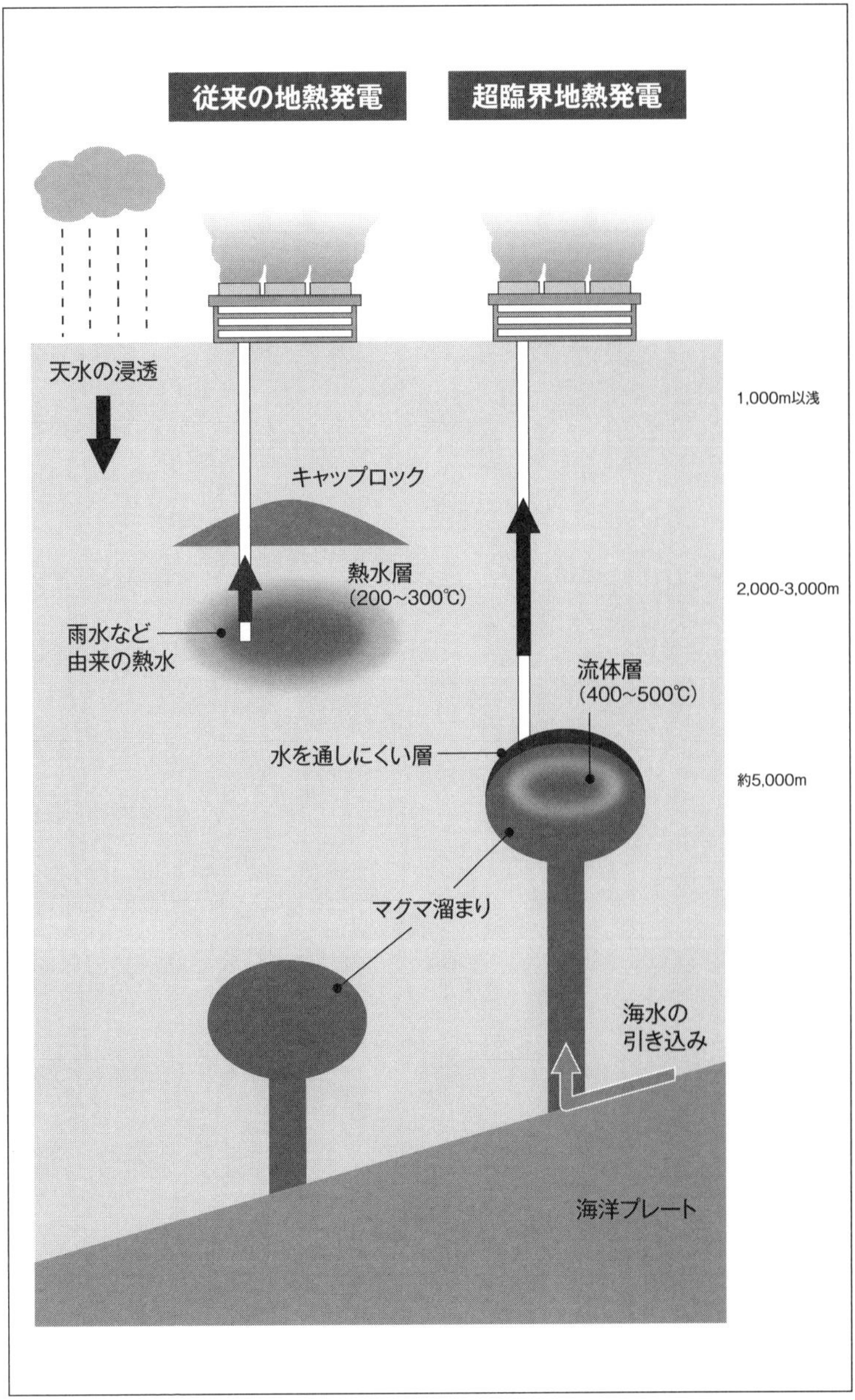
従来の地熱発電
超臨界地熱発電
天水の浸透
1,000m以浅
キャップロック
熱水層
(200～300℃)
2,000-3,000m
雨水など
由来の熱水
流体層
(400～500℃)
水を通しにくい層
約5,000m
マグマ溜まり
海水の
引き込み
海洋プレート

装丁／岡田ひと實（フィールドワーク）
写真／アマナイメージズ＋ピクスタ
図版制作／本島一宏、二見亜矢子

〝過去の私は問題ではない。生まれ変わった今後の姿について大いに弁じていただきたい〟

ウィリアム・シェイクスピア『リチャード三世』

（福田恆存訳　新潮文庫）

プロローグ

電力は、国力を測るバロメーターだ。

必要な時に、必要なだけ電気を利用する。それが可能な国家のみが、先進国と名乗れると仁《に》科良一《しなりよういち》は考えている。

そして、日本は、文明開化の灯がともって以来、電気事業者らの情熱と使命感に支えられて、堂々たる先進国に至った。

それが、あの日――二〇一一年三月一一日、三陸《さんりく》沖で発生したマグニチュード九・〇という巨大地震によって、変わった。

東京電力福島第一原子力発電所の事故が発生し、電力供給の三割前後を担ってきた原発の大半が、稼働停止という事態に陥る。

さらに追い打ちを掛けるかのように、脱炭素《カーボン》社会《ニュートラル》の実現――すなわち、火力発電所やガソリン車などが排出する二酸化炭素によって、地球が破滅するのを防げ！　というムーブメントが巻き起こる。

世界がこの主張を続ける限り、日本の電力供給の未来は絶望的だ。

他人の絶望が、希望になることもある。

東日本大震災によってようやく仁科が訴え続けてきた「電力の切り札」に、スポットライトが当たった。

地熱発電――。この大地の恵みを国民に伝えるために、仁科は国会議員になった。

きっかけは、母方の祖父だった。宮城県蔵王山麓《ざおうさんろく》の村長を長年務めた祖父は、教養人だった。彼は、早くから「資源のない日本は、地熱発電を有効に活用すべき」という考えの人だった。

「人の役に立つ人になれ。そのために大切なのは、有言実行だ」という祖父の言葉と共に育った仁科は、若い内から国政に関わる生き方を模索してきた。

大学を卒業後、「武者修行」として、英国とドイツで過ごし、時に大学で学び、時に政治家のスタッフとして働いて研鑽《けんさん》を積んだ。

そして、二五歳で帰国後は、仙台のFM局のDJを務めて、地熱の素晴らしさを訴えた。

さらに、英独仕込みの選挙区内の住民との政治懇談会を行い、ささやかではあったが、結果を出した。

そして、衆議院議員選挙で、与党民自党から出馬、初当選を果たした。

エネルギー問題など訴えても、選挙に勝てないと言われたにもかかわらず、「ニッポンを地熱大国に！」という公約を掲げて、圧勝したのだ。

そして、初当選の一年半後、東日本大震災が発生。仁科の地熱推進は、「先見の明」とメディアが持て囃《はや》した。

にもかかわらずだ。震災からまもなく一〇年が経過しようとしているのに、地熱発電は、相変わらず誰も知らないマイナーな存在のままだ。

今、旬のエネルギーは、海洋に風力発電用風車を浮かべる洋上風力発電だった。

しょせんは風まかせでしかない洋上風力に、安定した電力供給《ベースロード》などできるわけがない。にもかかわらず、総理をはじめ多くの政治家は、熱に浮かされたように洋上風力推進へ突き進んでいる。

一方で、今なお原発幻想から抜け出せない守旧派は、復活のチャンスを虎視眈々《こしたんたん》と狙っている。

こんな亡国を許すわけにはいかない。

だから、やるしかない。

自分が理想とする社会のために、ベストを尽くす――。僕は、そう決めたんだ。

仁科は考えを整理する時、スケッチブックにチャート図を書く。

心機一転を図るため、新品の一冊をおろした。

そして、表紙に、太いフェルトペンで、

地熱炸裂《さくれつ》。実現あるのみ――と記した。

*

安藤幸二《あんどうこうじ》にとって、「好事魔多し」という言葉は、不吉な予告そのものだ。

物事が良い方向に向き始めると、必ずと言っていいほど不意に大きな邪魔が入るという苦い経験を、何度も味わったからだ。

だから、宮城県蔵王で、新たな大規模地熱発電所の開発の責任者を務めている玉田《たまだ》寛夫《ひろお》が、昨夜遅くに地元に戻り、朝一番の面談をねじ込んできたのを、歓迎できなかった。

そして、会長室に入ってきた玉田の顔色の悪さを見て、凶兆を覚悟した。

「相変わらずのワーカホリックだね」

「少し、ご相談がありまして」

そう言って玉田は、文書を差し出した。調査報告書らしい。

「私に難しい式や数字を見せても、理解できないよ。分かりやすく端的に用件を言ってくれ」

地熱開発企業のオーナー兼会長だが、かつては文学者を目指していた安藤は、ずっと門外漢というスタンスを変えない。

「『蔵王復興地熱発電所』の熱水層の規模が気になります」

「蔵王復興地熱発電所」は、震災復興のシンボルとして、震災直後にプロジェクトが立ち上がった。運転開始目標は、震災一〇周年にあたる来年で、工事は大詰めを迎えている。

その開発責任者である玉田が、地下深くに溜《た》まっている熱水層のポテンシャルに異議ありと言っている。

熱水層は、地熱発電所にとっての生命線だ。そこに問題があるなら、相当に由々しき事態だ。

「何が、気になるんだ？」

「調査結果では、五万キロワット級の量があるとされているのですが、そんなに大きいとは思えないんです」

「データを疑うとは、君らしくないな。それらを否定するだけの、どんな事実があるんだ」

「調査井《せい》よりも三〇メートルも深く掘っていますが、まだ、熱水層に当たりません」

それは、誤差の範囲だと、一ヶ月前に説明したのは、玉田本人だ。

「それに、泥水《マッド》の分析結果に、通常値とは異なる成分が見られる点。そして、掘り進むにつれて逸泥《いつでい》量が増えていることです」

掘削過程で出る土砂などを取り除き、また掘削機の冷却や地下の減圧のために、坑井内を循環する注水を泥水と呼ぶ。

通常は、注入したのとほぼ同量が、地上に戻るが、地層中の空洞や割れ目、あるいは浸透性の高い地層にぶつかると、泥水が減少することがある。これが、逸泥だ。

「現場監督の田端《たばた》君は、許容範囲だと言っているのですが……」

「アラートを鳴らしているのは、君の勘か」

「そう、かも知れません」

「ちょっとプレッシャーを感じ過ぎてるんじゃないのか」

今回の地熱開発は、日本のエネルギー政策にパラダイムシフトを与えるプロジェクトだ。なおかつ地熱業界は、この成功によって、地熱推進の風を吹かせたいと切望している。

あまりにも巨大すぎる使命と期待を、玉田は一人で背負っている。

「顔色が悪いぞ。最近、しっかり寝ているか」

「それが、あまり眠れなくて」

「地熱は失敗と二人三脚――。君の師匠でもある御室《おむろ》さんの口癖だ。そもそも地下二〇〇〇メートルの世界なんて、誰にも分からない。だから、案ずるより産むが易し。失敗をしたら、またやり直せばいい――夜眠れない時は、昼寝がいいそうだぞ。今から帰って、寝てみたらどうだ？　とにかく休め」

それが、慰めになっているのかどうかは分からない。

「そうですね。ちょっと休んでみます」

科学がいくら進んでも、地球の未知は、無限大だ。それを知ることで、文明は進化してきた。

だが、それも見直す時が来ているのかも知れない。

＊

純平《じゅんぺい》が京都大学工学部地球工学科に合格した時、祖母が一枚の古びた色紙をくれた。

不可能への挑戦が
超越を生む。

――お祖父様の親友が書いたものなの。お祖父様は、ずっとこれを書斎の壁に張っていたわ。どんな研究に挑むのかは、あなたが決めることだけど、この精神を大切にしてほしい。

入学以来、試行錯誤を続け二七歳の時、純平は遂《つい》に挑むべき「不可能」を見つけた。

超臨界地熱資源開発――。地下約五〇〇〇メートルに眠る摂氏約五〇〇度の流体層を見つけ、それでタービンを回す、という前人未踏の発電法だった。

アイスランド、アメリカ、そして、イタリアという地熱先進国の研究チームが挑みながら、いずれもが開発を断念した。今や、日本の研究機関だけが、開発を続けている。

その研究プロジェクトに、純平は応募した。

今日、その結果が出る。

宇宙開発に匹敵するほど多くの課題があるが、これが成功したら、日本のエネルギー問題は一気に解決する。

じりじりと時間だけが過ぎていく中、純平は額におさめられた色紙を見つめた。

スマホが振動した。

〝御室純平さんの携帯電話でしょうか。私、全総研で超臨界地熱資源開発のプロジェクト・マネージャーを務めている信田《しのだ》と言います〟

*

エネルギー安全保障担当総理補佐官の伊豆《いず》潔彦《きよひこ》には、アポイントメントなしで総理に会える特権があった。通産省入省以来、長年、日本のエネルギー行政に携わり、原発の推進から、地熱発電の活用まで、エネルギー安全保障に関わるエキスパートとして、官邸で重宝されてきたからだ。

この日、秘書の日吉《ひよし》逸夫《はやお》が持ち込んだ情報に、伊豆は終日翻弄《ほんろう》された。

日吉の情報に確信を得た段階で、政務秘書官に「大至急」と言って総理との面談を求めた。

「総理は、官房長官と打合せ中です」

伊豆は構わずドアを開けた。

「総理、こんな愚かな実験をなさってはなりません」

「藪《やぶ》から棒になんですか」

福耳でふくよかな体形の坂部守和《さかべもりかず》が気の抜けた声を発した。

伊豆は握りしめていた文書を、総理のデスクに置いた。

「脱炭素社会を目指した壮大なる社会実験」という仰々しいタイトルの文書を、総理は暫《しばら》く見つめていた。

「これは伊豆補佐官も了承済みだったはずでは」

官房長官の平山脩《ひらやまおさむ》が、驚いている。

「そんな了承を致した覚えは、ございません」

政治家としての信条がなく、育ちの良さと派閥のバランスから総理の座に就いた坂部は、着任早々「世界でどこよりも早く脱炭素社会を実現する」と宣言し、周囲を驚かせた。

伊豆も驚いたものの、所詮《しょせん》ブラフだと思って聞き流した。ところが、経産大臣に再エネ推進の旗振り役として活躍していた外資系のコンサル、江口久美子《えぐちくみこ》を登用して、宣言が本気であるのを示した。

江口大臣は着任早々、日本での脱原発・脱炭素社会の実現を目指す諮問委員会「カーボンニュートラル推進会議」を発足し、大胆な再エネ推進策を展開した。

中でも、洋上風力発電にご執心で、就任当時、一カ所しかなかった洋上風力推進特区を全国五カ所に増やし、洋上風力発電施設の設置に莫大《ばくだい》な補助金を投下した。

しかし、エネルギー安全保障の専門家である伊豆に言わせれば、所詮「おままごと」だった。

いくら風力発電機を、洋上に設置しても、さしたる効果はない。そんなものに血税を費やすぐらいなら、原発の再稼働を真剣に考えるべきだと総理を説得した。

するとと、それを聞きつけた江口が「原発も火力もなくても、日本社会が機能するという実証実験を行いたい」と総理にねじ込んだ。

それが、「脱炭素社会を目指した壮大なる社会実験」だ。

再生可能エネルギーを中心に据えた構想を実験する「ゆめとぴあ」という実験都市で、太陽光パネルと風力発電用風車から得る電力だけで、三日間の生活実験を行うという現実性に乏しいプロジェクトだった。

坂部はこれみよがしにため息をついた。

「伊豆さん、まあ落ち着いて。これで失敗したら、原発や火力を再考すると言うんだから、好きにやらせればいいじゃないですか。何しろ伊豆さんは、再エネ、特に風力や太陽光発電を、一切認めないんだ。だったら、失敗込みでとことんやらせてみましょう」

だったら総理には、恥をかいて戴《いただ》くしかない。

この数年、世界のエネルギー事情をウォッチしていて、大きな変動が起きているのを感じていた。

そもそも、電力資源は自国で必要な物をまかなえれば、それ以上の発電所は不要というのが、エネルギー行政の〝常識〟だった。

ところが、産油国が原発建設をしたり、潤沢に石油資源を持つ、アメリカ、インドネシアが地熱開発に注力したりしている。これらは全て高度に計算された国家戦略だ。

石油は戦略物資として温存し、足下で繰り返し利用できる地熱を活用することで、より強固なエネルギー安全保障を目指そうとしている。

それに、米中の貿易戦争の危機が、取り沙汰《ざた》されている。我が国とて、有事に備えたエネルギー安全保障対策も重要になる。

なのに、支持率しか頭にないバカ総理は、子供だましの実験に莫大な予算を使い、国家としての安全対策を後回しにしている。

我々はエネルギー資源が皆無の国にいる、という危機感が、官邸になさすぎる。

その上、世界情勢にも無頓着《むとんちゃく》で、その深刻さに気づいていない。

それを何とかしなければならない、と、伊豆はずっと踏ん張ってきた。

だが、先ほどの総理の態度を見て、腰の力が抜けていくほどの脱力感を覚えた。

一度この国は、破滅した方がいい。

それは、おそらく妄言ではない。

いずれ必ず訪れる未来だ。

＊

宮城県岩沼《いわぬま》市にある未来都市構想シティ「ゆめとぴあ」で、江口久美子経産大臣が主唱する「真の脱原発、脱火力を目指す実験」が、行われる。

「仙台日報」の片桐実香《かたぎりみか》は、社のエネルギー担当記者として、このイベントを取材しに来た。

「ゆめとぴあ」は、仙台空港の南部の沿岸部分の約四平方キロのエリアに、コンパクトシティのモデルタウンとして誕生した。

敷地内には、スーパーマーケットやクリニック、オフィス、さらには二四時間稼働の食品加工工場などに加え、集合住宅や二階建て戸建て住宅まである。

「ゆめとぴあ」に近い洋上には風力発電施設があり、タウンのあらゆる場所に太陽光パネルが設置されている。発電容量が一五〇〇キロワットの洋上風力発電機三基、同量の通常風力発電機三基、さらに太陽光パネルの発電総容量が、約一五〇〇キロワットあり、合計すると一万五〇〇〇キロワットの容量となる。

これらが生み出す電力が、電力コントロールセンターから「ゆめとぴあ」に供給される。

イベントでは七二時間の間、「ゆめとぴあ」が所有する発電供給だけで、完全なる脱原発・脱火力発電での暮らしが可能であることを証明するのだという。

そして、この日、宮城県は夜明けから快晴に恵まれた。

午前七時に挨拶《あいさつ》に立った江口大臣は、「日本が世界に先がけてカーボンニュートラル社会実現を達成するための最初の一歩を踏み出します」と実験開始を宣言した。

メディア関係者は、実験中は「ゆめとぴあ」内で自由に滞在できる。

午前中はすこぶる順調だった。すべての発電所が、フルパワーで発電を続けており、「ゆめとぴあ」への供給量は需要の一・五倍にもなり、電気自動車やＮＡＳ電池への充電も始まっていた。

ところが午後二時、総理が視察のために仙台空港に降り立った頃、日射しが翳《かげ》ってきた。

三〇分後、総理が「ゆめとぴあ」の特設ステージに姿を現すのを待っていたかのように、雨が降り始めた。

その時点で、太陽光発電の供給は、ほぼゼロとなったが、風力はフル稼働していた。

「この程度の雨では心配ご無用です。午前中の晴天がもたらした充電で対応できますし、風力は元気に発電を続けています。今回の実験で、再エネが日本を救うと、多くの国民に理解してもらえるでしょう」

総理がそう挨拶して、江口大臣と固い握手をしてステージを降りたところで、雨が止んだ。

「坂部総理は、能力はもう一つだけど、強運は持ってるなあ」という声が上がる中、総理は「ゆめとぴあ」を後にした。

だが、総理と共に幸運も、去ってしまった。雨は止んだものの、太陽が顔を覗《のぞ》かせることはなかった。さらに、風が止んでしまう。

記者たちが頻繁に需給状況を確認し始めた午後五時過ぎには、発電はゼロとなり、供給量が減り始めた。午後七時には、住居エリア以外の全ての電力供給がストップした。

そして、夜のテレビのニュースでは、リポーターが、真っ暗な商業施設の前で、実験が失敗に終わるようだと報告していた。

社のカメラマンと同僚記者らと共に、一戸建ての住宅に滞在していた実香は、弁当を食べながら、どの程度、この悲惨な状況を叩《たた》くべきかを語り合った。

県紙という立場上、政府や県が積極的に推進してきたプロジェクトを、頭ごなしに非難はできない。かといって、嘘は書けない。

「ありのままを書くしかないですよね」という若手記者の意見に実香は大賛成だったが、本社から性急な批判は避けよと言われた。結局、翌日の挽回《ばんかい》を期待する原稿を送って早めに就寝した。

だが、翌日も曇天、しかも無風という最悪の状況が続いた。

午前十時に、電力コントロールセンターで江口大臣が会見を開いた。同センターは、空調が効き、照明も点灯されていたが、それは東北電力の電力供給によるものだった。

「実際の予備電源は、三日間、通常の生活及び業務ができるだけの蓄電が可能です。今回は実験のために、全ての蓄電器を空にしたために、混乱を来《きた》していますが、実験が失敗だとは考えていません」

記者の一人が、「昨日の午後二時頃には、予備電力量は総容量の半分を超えていましたが、今の大臣のお話と矛盾しませんか」と指摘した。

江口はムッとして記者を睨《にら》んだが、スタッフが手渡したメモを見て応答した。

「昨日の充電量の表示に誤りがあったようです。つまり、実際には午後二時頃の充電量は一〇%程度だったようです」

さすがに、そんな嘘くさい回答では、記者は納得しない。

別の記者からは、スーパーや弁当工場の停電が今も解消されていないが、復旧の目処《めど》はついているのかという問いが出た。

「いずれも、まもなく稼働開始の予定です」

「電力供給が停まっているのに、どうやって稼働するんですか」

その質問には答えず、江口大臣は席を立った。

すかさず司会者が「大臣は、オンラインでの重要会議がございますので、これにて会見を終了致します」と切り上げてしまった。

結局、その日は天候が回復せず、「ゆめとぴあ」内の停電はほとんど解消できなかった。大半のメディアは「ご都合主義のシミュレーションが生んだ、当然の帰結」というトーンで、壮大なる社会実験を「失敗」と断じた。

翌日は、朝から晴れたのだが、もはやニュースバリューはなく、ほとんどのメディアは相手にしなかった。それどころか、江口大臣が前夜には現場を後にしていたことが判明し、批判の声が強まった。

エネルギー供給の専門家によるコメントが、印象的だった。

〝今回の実験だけで、再エネ社会は無理だと決めつけてはならない。政府や脱炭素社会推進者が、恒常的に電力供給ができる地熱発電を、今回のプロジェクトに参入させなかったことに大いなる疑問を感じる。

電力使用量が膨大な国家において、二四時間三六五日継続的に安定した電力供給が行えるベースロード電源なくしては、脱炭素社会の実現は難しい〟

第一章　地熱フロンティア

1

二〇二〇年一〇月八日――

その夜、仁科は、蔵王山麓《さんろく》の地熱発電所開発現場の事務所で夜を明かした。

国会議員の中でも珍しい地熱発電推進派の彼は、初当選以来、メディアから〝地熱王子〟などと呼ばれている。週末の選挙区詣《もう》ででは、暇を見つけては現場に行って、開発状況を確認している。

地熱発電とは、地球内部の熱を利用する発電方法で、開発が進められてきた。火山国である日本では、地下二〇〇〇メートルから三〇〇〇メートルという比較的浅い場所にマグマが溜《た》まることがある。その上に地下水の貯留層があると、マグマによって約二五〇度の高温水になる。この高温水が地表に噴出したときに発生する蒸気を原動力として、発電タービンを回すのだ。

世界最大の「地熱大国」はアメリカで、総発電設備容量は三七〇万キロワット、二位はインドネシアで、約二〇年で設備容量を三倍に増やしている。以下、フィリピン、トルコと続く。日本は、ポテンシャルに関しては世界第三位と言われているが、地熱発電所の設備容量は五五万キロワットしかない。これは標準的原発のわずか半基分にすぎず、世界ランキングも一〇位と低い。

二〇一一年に発生した東日本大震災による原子力発電所事故以来、稼働している原発はごくわずかで、その不足分を地熱発電が担うと期待されていた。地熱発電は原発と同じく、昼夜を問わず安定的に発電可能なベースロード電源になり得るからだ。しかも、発電燃料が不要という強みもある。

そして、仁科が情熱を注いでいる「蔵王復興地熱発電所」建設は、地熱発電振興の切り札であり、かつ、震災復興のシンボルと位置づけられていた。

この日は、「そろそろ本掘りの鉄管が熱水層に当たるころ」だと現場監督の田端康志《やすし》が言うので、仁科は急遽《きゅうきょ》「当直」を買ってでて現場に向かった。

その夜は、二人で酒盛りをし、地熱発電一筋のスペシャリストである田端の武勇伝などで深夜二時頃まで盛り上がった。

上機嫌で床に就いた直後、けたたましいアラート音が鳴り響いた。

「なんだ、なんだ⁉」

仁科が慌てて飛び起きると、田端がパソコンのディスプレイの前に座っていた。

「ビットが、当たったようです」

昼夜を問わず掘削を続けるビットが、熱水層に到達したという意味だ。

飛び起きて田端の隣に立つと、モニターでは、「全量逸水《いっすい》」の文字が明滅している。

「ビットが帽岩《キャップロック》を砕き、熱水層に達した時、逸水が起きるんです」

「つまり、待望の熱水層に到達したってこと？」

「ですね。全量逸水とは、泥水が全て外部に吸い取られた場合を言うんですが、全量逸水は、熱水層に当たった時に起きるんで」

「よっしゃあ！」

仁科は思わず、窓の外を見遣《みや》った。

「じゃあ、待ちに待った蒸気が噴き上がってくるんだね」

「いえ、それはないです。熱水層から爆発的に蒸気や熱水を地上に噴き上げるのを防止する暴噴防止装置《BOP》を、ビットに装着しているためです」

それじゃあ、絵にならない。

「一瞬でいいんでさ。その装置緩めてよ」

「いや、それは危険なので」

「田端さん、念願の蔵王復興地熱の掘削作業が、熱水層に達したって、僕は日本中に伝えなければならないんだよ。井戸の突端から勢いよく蒸気が出る映像が欲しいんだ」

「いくら仁科先生のお願いでも、これだけは、絶対にダメです。そんなことをしたら、熱水層の凄まじい圧力で、制御不能になる可能性があります」

国会議員の我が儘《まま》をごり押しして、失敗させるわけにはいかないと、仁科は自重した。

「よし、分かった。それは、諦《あきら》める。その代わり、別のお願いを聞いてくれ」

キーボードを打つ手を止めて、田端が仁科の方を見た。

「できないことは、手伝えませんよ」

「大丈夫。ちょっと実況中継してもらうだけだから」

＊

スマホを、「全量逸水」と赤字で明滅しているPC画面にフォーカスして、仁科はビデオボタンを押した。

「田端さん、何が起きているんですか」

ズームを引いて、PC前に立つ田端を映した。

「『全量逸水』とは、掘削機の先端が、熱水層に到達したという意味です」

「つまり、蔵王復興地熱発電所が営業運転に向けて、大きな一歩を記したということですね！」

田端が大きく頷《うなず》き「そうです！」

「オッケー、ありがとう。あとは、作業に専念して」

仁科は、今収録した動画をSNSの地熱アカウントに投稿した。

〝「蔵王復興地熱発電所」開発現場で、生産井《せい》から今、蒸気と熱水が噴き上がりました！　さあ、地熱フロンティアの始まりです！〟

〝目標は三〇万キロワット超え。この勢いで、一気にそこまで伸ばしたい。大丈夫、きっとやれる！〟

2

枕元でスマートフォンが鳴った。夢の中で、亡き妻と湯ノ原《ゆのはら》温泉郷を散歩していた安藤幸二は、現実に引き戻された。

〝夜分にすみません、仁科です！　噴気出ました！　一番生産井が今、全量逸水しました。震災一〇年に間に合いますよ、これは！〟

未明とは思えない元気な声で、衆議院議員が叫んでいる。

〝今、現場にいるんです。今晩あたり、ビットが熱水層に届くかもってことで、泊まり込んでたんです〟

「あんなむさ苦しい現場にお泊まり戴《いただ》いたんですか」

〝キャンプみたいで楽しかったです。それより、こんな運命の瞬間に立ち会えたのが嬉《うれ》しくて。安藤さん、本当にありがとうございます。これで、日本は変わります！〟

安藤の言葉を待たずに、仁科は電話を切った。

国会議員とは思えないフットワークの軽さだな。だからこそ、国民の人気も集めているのだろうが。

安藤はベッドサイドの写真立てを手にした。フレームに収めた一枚には、生き生きとした妻の姿が写っている。

「妙子《たえこ》、やったみたいだ。地熱の神様は僕らを見捨てなかったようだ」

七年前、地熱発電ブームが巻き起こっている最中に、妻は帰らぬ人になった。珍しく自分で車を運転して、事故に遭ったのだ。

妻を失って以来、ろくでもないことばかり続いている。それらを打ち破るためにも、「蔵王復興地熱発電所」開発だけは、成功させたい。それは妙子が全力で取り組んでいたプロジェクトである。

「何とか、間に合ったと考えていいんだろうか」

「成否は下駄《げた》を履くまで分からない。油断大敵‼」と、妻は言うに違いない。

玉田は開発地点を見直したいと、事あるごとに不安を口にしていたが、それも杞憂《きゆう》に終わりそうだ。

だから、乾杯ぐらいは妙子も許してくれるだろう。

安藤は、半分ほど残っていた赤ワインのボトルを冷蔵庫から出すと、グラスを二つ手にしてテラスに出た。

一〇月の夜は空気が冷たかった。ワインは彼女が好きだったナパバレイのメルローだ。

今夜の月は、やたらときれいだ。

二〇一一年三月一一日、この日を境に人生が変わった日本人は多い。マイナスに傾いた人が多い中、日本に地熱発電所をもっと普及させたいと願っていた安藤夫妻にとっては、可能性を摑《つか》む突風のような追い風だった。

――被災地の方には申し訳ないけど、これで、日本の地熱開発は一気に進むわよ！

あの日、妙子は勝ち気な目を輝かせて言った。

震災から三ヶ月余りが経過した頃、突然、資源エネルギー庁（エネ庁）から一本の電話があった。それがターニングポイントだった。

＊

二〇一一年六月二七日――

霞《かすみ》が関《せき》の建物の中でもひときわ古びている経済産業省別館に集まった五人は、安藤と旧知の顔ぶればかりだった。

安藤と同じ地熱開発業者もいれば、全国電力総合研究所（電総研）や大学の研究者もいた。

長官官房付き係長の案内で五階の会議室に入ると、三人の男が現れた。

伊豆潔彦審議官、園部《そのべ》克利《かつとし》総合政策課長、そして東北大学工学部の今泉《いまいずみ》健三郎《けんざぶろう》教授だった。

審議官の伊豆と、一瞬だけ視線が合った。

かつて、民自党エネルギー族のドンであった祖父、安藤大志郎《だいしろう》の懐刀と呼ばれている敏腕だ。祖父が、原発推進派の急先鋒《きゅうせんぽう》だった頃は、伊豆はエネ庁の官僚として原発行政で腕を振るい、祖父が「地熱推し」となってからは、地熱発電所の推進にも尽力している。

そんな簡単に、自身の行政官としての立場を変えられるものなのかと、安藤は以前から訝《いぶか》しく思っていただけに、伊豆がこの場で、どのような話をするのか、興味を覚えた。

ひとしきり挨拶《あいさつ》等が終わると、伊豆が口火を切った。

「震災による事故の影響で、当分の間、原子力発電所の稼働は難しくなると考えられます。そこで、新たなベースロードの担い手として、地熱発電に注目しております。そして、弊庁のみならず国を挙げて、新規の地熱発電所建設を後押ししたいと考えております」

妻の予想が的中した。原発事故と国民の原発反対意識の盛り上がりを受けて、地熱の新時代が来ると、彼女は言っていた。

「ちなみに、具体的にどのような支援を戴けるのでしょうか」

園部がそれに答えた。曰《いわ》く――特別保護地区を除く国立・国定公園内での開発の認可、試掘までの費用全額の国家負担、営業運転開始までの期間の当該企業への減税措置、そして従来では考えられない額の開発補助金等々――、耳を疑うほどの大盤振る舞いだった。

「現在、新規の地熱発電所の開発が止まっていますが、三・一一以降は復興のシンボルとして大規模な地熱開発が望まれています。

そこで、地熱発電所を運営する全国の企業からなる事業者協会を設立して、国家プロジェクトの共同開発をして戴きたい」

「戴きたい」と言っているが、安藤は政府の〝命令〟に等しいと受け取った。

「夢のようなお話ですが、この決定は、たとえ政権交代が行われたとしても続くと考えてよろしいのでしょうか」

地熱発電は、ずっと政治に振り回されてきた。それだけに、政権交代した途端一八〇度政策転換されるようなら、軽はずみに承服するわけにはいかない。

「そこは、ご安心を。来月、超党派の地熱議連を立ち上げる予定です。可能な限り全政党が参加するよう、根回しを進めています。少なくとも現政権、さらには野党第一党の先生たちの同意は戴いております」

伊豆は自信満々で言った。

その時、いきなりドアが開いて、若い男が駆け込んできた。

「先生、お疲れ様です。ちょうど今、超党派の地熱議連の話をしていたところです」

伊豆が、男に席を譲った。

「紹介するまでもないと思いますが、民自党の仁科良一先生は、震災前から地熱の可能性に着目され、民自党きっての地熱推進派でもあります。今回の超党派の地熱議連でも、多くの先生方にご参加戴くためにご尽力戴いています」

「未《いま》だ、原発事故は収束しませんが、国民生活は待ったなしです。今こそ、地熱の底力を見せる時です。微力ながら一生懸命汗をかきますので、よろしくお願い致します」

当選一回にして、既にメディアの寵児《ちょうじ》になっている民自党の期待の星がサポートしてくれるのは大きいな。

それから、今泉教授が新規地熱開発について説明した。

「原発に代わるベースロード電源としての地熱発電所のシンボルを設けたいと思っています。そこで、宮城県蔵王地域に合計三〇万キロワット規模の地熱発電所を建設したいと提案し、既に総理からご快諾を戴いています」

*

二〇二〇年一〇月八日――

あの時の今泉教授の発言を、止めるべきだった。

安藤はワインを飲むうちに、これまでの苦悩が甦《よみがえ》ってきた。

日本の地熱発電所の発電容量は、大分県の八丁原《はっちょうばる》発電所の一一万キロワットが最大だ。東日本大震災の後、安藤らが目指したのは、その三倍近くもの規模の発電所だった。それが実現していたら地熱時代の幕開けになるはずだった。

だが、安藤らの想像以上に実現のハードルは高かった。以前から、蔵王は地熱発電所の有力候補地だったが、蔵王連峰を有する宮城県と山形県は、長年「地熱発電絶対反対！」の不動の方針を貫いていた。

また、仮に地元の反対がなくても、蔵王国定公園の約九七％が人の立入りを厳しく制限している特別地域で、地熱発電所開発を阻んでいる。

それらを解決するのは、エネ庁が打ち出した支援を全て利用しても、至難の業だった。

なのに、我々は言われるままに、日本地熱事業者協会を発足させ、後に「蔵王復興地熱発電所開発」と名付けられたプロジェクトに着手した。

そして、安藤のジオ・エナジーが開発責任者となった。

結果的には、当初の目論見《もくろみ》は大きく外れ、六分の一の規模に縮小されたが、それでもこの一〇年近く、最前線で様々な障害を乗り越えてきた安藤からすれば、上出来だった。

「だから、小規模になったことは怒らないでくれよ。仁科先生は、先走って三〇万を目指すとSNSで公言してるし、僕もそこを目指すよ」

安藤はもう一度、妙子に献杯した。

3

最後の宿泊客を見送ったところで、「天狗屋《てんぐや》」の主《あるじ》、赤岩湧三《あかいわゆうぞう》の携帯電話が鳴った。

〝菊地《きくち》です。さっき役場の方から連絡があって、例の地熱、熱水溜りに当たったそうですよ〟

「本掘りを始める」という通達があって、既に半年以上経過している。開発計画が持ち上がって約九年、ようやくここまできたか……。

〝それで、ちょっと気になることがあって。組合長、SNSとかやってましたっけ？〟

赤岩は、宮城県の刈田《かつた》町《まち》にある奥刈田《おくかつた》温泉旅館協同組合の長でもある。

「いや、パソコンとか、苦手なんだよ」

組合の事務局長を務める「菊地屋」の太朗《たろう》とは、同じ会話を何度も繰り返しているが、彼は全く理解してくれない。

〝じゃあ、パソコンにURL送りますから、それ見てください〟

「だから苦手なんだってば、勿体《もったい》つけないで、何があったのか教えてくれ」

〝「地熱王子」がやらかしてくれたんですよ。目標は三〇万キロワット超えなどとネットで拡めちゃって、大騒ぎですよ〟

これから昼寝するつもりだったのに。また、面倒事か……。

帳場に戻ると、パソコンの前に座った。

そして「地熱王子」のアカウントにアクセスした。

午前三時過ぎに連投して、「蔵王復興地熱発電所」の生産井から噴気が出た喜びを爆発させている。

九年前、蔵王に地熱発電所の開発計画が持ち上がった時、日本最大の三〇万キロワット規模の発電所を目指すと説明を受けたのは事実だ。

だが、開発予定地のほぼ全域から反対の声が上がり、結局、了承したのは奥刈田地区だけだ。

五万キロワットの小規模な発電所だから、地域への影響はほぼゼロと聞いたからだ。

それさえも簡単に話が進んだわけではない。予定地になる刈田町と不忘村《わすれず》の住民を二分するほどの大騒動となり、開発着手までに四年も要した。

五万キロワットという数字を信じていたのに、何だってあのお調子者は、三〇万キロワット超えなんて大ボラを吹くんだ。

*

二〇一一年七月一日——

町役場の総務課長から「町長が、大至急会いたいとのことです」と電話があった。

激しい雨が降りしきる中、赤岩は役場に急いだ。

「急にお呼び立てして申し訳ありません」

赤岩よりひと回り若い町長は、関取のような体を小さくして詫《わ》びた。赤岩が町長の後援会幹部を務めているため、彼はいつも恐縮している。

「実は、蔵王に、大規模な地熱発電所開発計画が持ち上がりました」

またか……。過去に何度も湧いては消えた話だ。

「今回は、総理の肝いりで、復興の目玉となるそうです」

そういう謳《うた》い文句も聞き飽きた。東北活性化の起爆剤、温暖化対策の切り札、エコロジー社会の象徴等々……。立派なお題目を掲げるが、要は国定公園内を荒らして金儲《かねもう》けをしたいということだ。

「蔵王は、現在あるスキー場と温泉郷以外は、二度と人の手を加えない。これは宮城・山形両県の合意事項だったのでは？」

「しかし、震災と原発事故によって日本は大きく変わってしまったのです。中でも、電力不足は深刻です。蔵王は国内屈指の地熱源なのだから、一肌脱ぐべきだと、経産大臣から直々にお電話を戴いてしまいまして」

町長が分かったような口ぶりで言った。初当選した時は、もっと骨のある男だったのに。最近、国政進出を狙っているという噂もあって、中央に媚《こび》を売りまくっている。

「まさか、引き受けたんですか」

「お話は伺いますと返しましたが、了承まではさすがに。それで、知事と仁科先生と私、さらには、エネ庁課長や東北大教授なども交えた意見交換会を今晩やることになりましたので、赤岩さんにも参加して欲しいんですよ」

それもうちでやると言うのだから、赤岩に拒否権はないも同然だ。そういえば、娘が朝食の時に「今日は、『地熱王子』が泊まりに来るって」と言っていた。

「どうして、私が同席しなくちゃならんのです」

「我が町で地熱発電所開発を進めるとなると、温泉郷の皆さんのご理解とご協力が必須《ひっす》じゃないですか。そこで、まずは、組合長の赤岩さんに直接ご相談したいということです」

そんなものに参加してもろくなことはない。地熱に関わってきた経験値がそう囁《ささや》くが、国会議員や知事まで来るのに、断る理由が見つからなかった。

宴席が始まって三〇分ほど経過した頃、仁科がおもむろに話題を変えた。

「蔵王は、以前から有力な地熱資源が眠っていると考えられていましたが、地元の皆さんのお考えにより、地熱発電所開発が行われてきませんでした。しかし、三・一一から時代は変わってしまったんです。赤岩さん、この非常事態に際して、どうか日本のために、その禁を破って戴きたいんです。

出口の見えない日本の困難を蔵王に救って欲しいのです！」

熱弁を振るう若い代議士を、赤岩は評価していた。

自身の言葉で政策を訴え、しかも、行動力もある。国政を舞台にみるみるうちに頭角を現し、いまや宮城の誇りである。

有言実行――。赤岩が一番好きな姿勢だ。

「仁科先生、お話の趣旨はよく分かりました。また、今が非常事態であるのも理解しているつもりです。しかし、あなたも蔵王に縁のある方だ。長年、ずっと守り続けてきた不文律は、そう簡単には破れないことをご存じのはずです」

「おっしゃるとおりです。不忘村村長は、祖父が務めておりますが、以前から地熱に高い関心を持っておりますし、今回のプロジェクトでも、祖父は協力すると申しております。ですが、今泉先生によると、大きな可能性を秘めているのが刈田町なのだそうです。

何とか、ご理解をいただき、日本を救って下さい」

また、このプロジェクトによって宮城蔵王一帯のインフラ整備や観光地としての支援も、国が約束しているとも説明された。

赤岩は、先祖代々守ってきた旅館と温泉郷の存続だけが生き甲斐《がい》であり、札束で頰を張られながら国や県に協力を要請されるのを嫌悪してきた。

それが、大震災を経験し、人生観が揺らいだ。

地震による大きな被害はなかったものの、被災地の悲惨な現状をニュースで目の当たりにして、自分とは無関係とばかりに背を向けるのは、卑怯《ひきょう》だと思った。だから、いち早く温泉組合として、被災者の受け入れを申し出た。現在も二〇〇人ほどの被災者が、温泉郷で暮らしている。

それだけに、仁科が言った「出口の見えない日本の困難を蔵王に救って欲しいのです！」という願いを無下に断れなかった。

組合で検討すると答えたものの、赤岩自身の腹はその時に既に決まっていた。

だが、協力を確約したはずの不忘村の村長が急病で倒れると、新村長が開発に強硬に反対した。結果、奥刈田地区だけが開発を認めるという事態となってしまった。

夢の三〇万キロワットの日本最大の地熱発電プロジェクトは、現実的な五万キロワットの開発に縮小され、紆余《うよ》曲折を経て開発が着手されたのだ。

4

実香は、月に一度、東北大学教授のイアン・ブラナーに会う。「仙台日報」で連載している「変な英国人のため息」というエッセイの打合せのためだ。社会構造における日英の比較研究の泰斗であるブラナーは、自ら「変な英国人」と称している。

だが、ブラナーはただの変人ではない。

英国の知の巨人が集まると言われている王立国際問題研究所《チャタムハウス》のメンバーで、彼の著作は、世界五〇カ国で翻訳出版されるほどの大物だ。

父親が外交官だった関係で、東京で生まれたブラナーは、一〇代の頃から日本文化に嵌《は》まる。オックスフォード大学卒業後も日本愛が強すぎて、BBCの特派員として東京に赴任し、世界に日本の素顔を伝えた。

二〇一一年に発生した東日本大震災では、石巻市《いしのまき》から被災地の状況を世界に発信し続けた。その後、東北大学教授となり、以来、ずっと仙台市の古民家で暮らしている。

ブラナーは、日本を愛するあまり、時に攻撃的になる。

たとえば、かつて民政党が戦後初めて選挙によって政権交代を達成した時、「日本人はもっと政治を勉強した方がいい。大事なのは、政権交代ではなく、新しい政権が約束を果たすかどうかを見届けること。民政党も浮かれてる場合じゃない。これからが正念場だ」とSNSで呟《つぶや》いて、注目を浴びた。

また、新型コロナウイルスの感染拡大で日本全体が自粛モードになると、「自粛って、法規制より怖いことだと知った方がいい」と「仙台日報」に書いて、ネットで炎上した。

ブラナーのような著名人の連載エッセイを担当しているのが実香にはストレスだった。

若手の、ましてや経済・エネルギー一筋で来た実香には、文化人のエッセイなど、荷が重すぎる。


だが、ブラナーが実香を強く指名し、そうでなければ原稿は渡さないとまで言い張ったのだ。

ブラナーが自分を買ってくれている、本当の理由は分からないが、震災時に、日本のメディアで最初に彼に接触し、彼の活動を取り上げたからだと、自身は解釈している。

震災直後の混乱の中で、毎日のように彼に話を聞きに行き、独特な視点や感性、さらにはいかにも英国人らしい深い思索に触れた。

ブラナーの日本語が完璧《かんぺき》だったため、コミュニケーションでは苦労しなかった。

この日は打合せを兼ねた昼食に、ブラナーの妻が経営している小料理屋を訪ねた。

ブラナーはユニクロが大好きで、同ブランドのポロシャツに黒の綿パンという塩梅《あんばい》で、どこへでも行く。縮れた髪は伸び放題だし、縦にも横にも大きくて、ジェントルマンというよりバイキングのようだ。尤《もっと》も、彼に言わせると、英国人のルーツはバイキングの流れを汲《く》むから、バイキングのように見えるというのは、英国人そのものということになる。

「そろそろ震災一〇年企画にちなんだお原稿をいただきたいと、上が言っているんですが」

ランチを食べ終えたタイミングで実香は、社としての希望を伝えた。

「いえ、今月は、やはり『蔵王復興地熱発電所』でしょう」

やっぱりそう来たか。蔵王総局から、今朝未明に生産井から噴気が出たという一報が入っていた。明日《あす》には、開発担当のジオ・エナジーが仙台で記者会見をするとも聞いている。

「今朝の出来事なのによくご存じですね！」

「早朝に、仁科サンから連絡がありました。現場に泊まり込んでいたそうで、その瞬間を目撃したと、動画も送ってきました」

そう言って、ブラナーは、生産井から噴き上がる蒸気の動画を見せてくれた。

「思った以上に迫力ありますねえ。しかも、震災一〇年に間に合うなんて。凄いなあ」

「ようやくですよ。トラブルばかり起きて、大変でしたから。彼らを応援するためにも、今月は『日本人が地熱の素晴らしさを理解しない愚かさ』でいきたいです」

愚かと来たか。また、デスクや報道部長が嫌な顔するだろうなあ。社の上層部は、読者に物申すような原稿は「天に唾《つば》する不遜《ふそん》行為」と言って、即時ボツにする。

だが、ブラナーの原稿については、原則、変更不可だ。何しろ、彼のエッセイはオンラインで日本全国の読者が読んでいるので、ＰＶ数が異常に多い。しかも、英国のエリート層に人気の「インデペンデント」にも、翻訳掲載されている。

田舎の編集幹部のご都合主義なんぞで改変したら、世界から叩《たた》かれると恐れをなしているので、記事はそのまま出すが、代わりに、私が監督不行き届きで叱責《しっせき》される。

「何か、問題がありますか」

「いえ、まったく。復興地熱でいきましょう」

ブラナーの地熱ネタは、過去に何度か掲載している。なぜそこまで彼が地熱にこだわるのか、実香には今ひとつ分からなかったが、主張は尤もだった。

火山のない英国には、地熱発電所がないらしい。

——化石燃料が問題視されるヨーロッパで、原発開発に後ろ向きで化石燃料一辺倒の英国は、窮地に陥ってしまった。しかも、英国には火山がなくて地熱発電ができないんだ。

だからこそブラナーは「日本は幸せだ」と言うのだ。

地熱があるじゃないか、と。

だが、当の日本では、地熱発電など、いまだにニッチな存在だ。あるいは、開発しようとしても自然保護団体や温泉組合の反対などでなかなか進まず、立ち往生している。

国家とは、国益と国民の命を守るために存在する。そして、電力とは、国家存続の絶対条件で、その確保及び維持は、国の最優先事項なのだ。

ならば、あらゆる反対勢力を無視して、電力源を確保する——。

世界中の国が当たり前にやることを、日本はなぜやらない！

そう言って、ブラナーは、猛烈に批判する。

「日本人は、自国に資源がなければ買えばいいと思っているが、いつまでも買えると思っているのは、大きな間違いです。もうすぐ日本は二等国になりますよ。そうすれば、燃料資源は高くて買えなくなります。その時には、電力供給は激減し、日本は停電が日常茶飯事の三等国になります」

実香が答えに窮していると、ブラナーは日本人の国民性へも非難の矛先を向ける。

「日本人は、生きるために自ら闘おうとしない。『お上』にまかせておけば、どうにかなると思っている。日本は大好きですが、そこが私の一番嫌いなところです」

まるで母国の問題であるかのように嘆いていたブラナーにとって、「蔵王復興地熱発電所」の稼働は、日本再生の必須条件であり、それを祝福せずにいられないのだろう。

「ところで、原稿を書く前に、行きたいところがあります」

「どちらに？」

「決まってるでしょ。『蔵王復興地熱発電所』の開発現場ですよ」

5

二〇二〇年一〇月九日――

生産井からの噴気が確認された翌日、朝一番のフライトで安藤は仙台に到着した。そして、会見場となるホテルメトロポリタン仙台の控え室で、取締役技術本部長を務める玉田寛夫と合流した。

朗報をお披露目する日なのに、玉田の表情は冴《さ》えない。

「何か気になることがあるのか」

「現状では不確定要素が多すぎるんです」

玉田は、ジオ・エナジーがかつて日本地熱開発と名乗っていた時代からの社員で、当時、世界的な地熱開発の権威と言われていた故御室耕治郎《こうじろう》の薫陶を受けた技術者だった。

玉田は、現在の現場での掘削に反対していた。あと七〇〇メートルほど国定公園に入った地点で熱水層を狙うべきだ、というのが彼の主張だった。その方が、有力な熱水層に当たる可能性が高いという調査結果もある。

だが、たった一〇〇メートル先に進むのにも、問題があった。そこが蔵王国定公園の特別保護地区内に位置するからだ。国立・国定公園内での地熱発電所の開発規制が緩和されたとはいえ、特別保護地区での開発は厳禁となっている。

玉田は慎重派だが、臆病《おくびょう》ではない。エビデンスに基づいた判断しか下さないというのが、技術者としての使命だと考えているからだ。御室を失って一五年以上経つが、今なお彼には、御室イズムが息づいている。

そのため、技術的な面について安藤は、玉田の判断を重視していた。

但《ただ》し、「蔵王復興地熱発電所」開発は、震災復興の目玉と位置づけられた国家プロジェクトだった。交渉次第では、特別保護地区内での開発が行える可能性が僅《わず》かだがあった。

「まあ、ひとまず、今日のところはおめでたいということにしないか」

「煮え切らなくてすみません。こんなことでは、御室さんに叱られます」

玉田が項垂《うなだ》れたところで、仁科が現れた。

「あっ！　安藤さん、遠路はるばるお疲れ様です」

仁科は安藤の手を力強く握りしめてから、玉田の肩を叩いた。

「玉田さんの心配性にも困ったもんですよね。昨日からずっと、怖い顔ばかりしてるんですから」

「まあ、そういう慎重居士《こじ》がいるのはいいことです。私やあなたのように超楽観主義者ばかりだと、失敗の連続で破産しますよ」

仁科には皮肉は通用しないようだ。彼は嬉しそうに、笑い声を上げた。

そこに、会見の準備が整ったと声がかかった。

「蔵王復興地熱発電所」の概要の説明、及び生産井が熱水層に到達した報告に続いて始まった質疑応答は、最初の質問から厳しかった。

「当初は、日本最大の三〇万キロワットの地熱発電所を建設するというお話でしたが、縮小された理由は？」

仁科がマイクを手にしたのを、安藤が制して、代わりに答えた。

「周辺住民の皆様との交渉がまだ続いておりますので、まずは実現可能なエリアから先に開発を進めようと考えました」

「つまり、仁科議員がＳＮＳでつぶやかれた通り、今後、三〇万キロワットの発電所開発に邁《まい》進《しん》されるという理解でよろしいのでしょうか」

「その点については、まだ、何とも申し上げられません。まずは現在の計画を遂行して、一刻も早く営業運転を開始できたらと考えています」

質問者が、仁科にも答えを求めた。

「すみません、昨日未明の投稿は、私が興奮の余り先走ったことです。ですが、私としては、温泉組合の皆さん、そして、自然保護団体の皆さんにもしっかり理解して戴いた上で、日本最大の地熱発電所を蔵王で実現したいと願っています」

「蔵王のプロジェクトは、地熱の弱点が全て露呈した気がしますが」

辛辣《しんらつ》な批判が飛んできた。

「具体的に、何を指して弱点だとおっしゃっているのでしょうか」

「まず第一に開発期間が長すぎる。それに周辺住民からの理解がなかなか得られない。しかも、規模は、火力や原子力に比べれば、極めて小さい――地熱開発でよく耳にする批判通りじゃないですか」

「開発期間が長いのはご指摘の通りですが、拙速な開発は、かえって、周辺の皆さんにご迷惑をおかけします。また、規模については、先の大震災後の原発事故に鑑《かんが》みると、大規模な発電所が果たして最適なのかという疑問の声がございます。

五万キロワットあれば、三万五〇〇〇世帯分の電力を供給できます。また、ひとたび営業運転を開始すれば、コストは限りなくゼロに近い。二酸化炭素も排出しません。そして、再生可能です。どうか、欠点だけではなく、地熱の長所にも目を向けて戴ければと思います」

さらに反撃してくるかと思ったが、その記者はそれ以上質問しなかった。

そろそろ切り上げようかと思ったとき、女性記者が手を挙げた。

「仁科先生のように、地熱発電が日本を救うんだとおっしゃっている方が、時々いらっしゃいます。にもかかわらず、地熱発電所開発についての法律が存在しないのは、どうしてなんでしょうか」

それは、安藤に答えられる質問ではないし、今、この場で答えるべきではない問いだったが、仁科がマイクを手にしていた。

「これは、我々政治家の怠慢です。地熱を推進するなら、まず法整備が重要です。実際、現在の地熱発電所開発は、温泉法だけではなく、自然公園法、自然環境保全法、鉱業法、国有林野法など、様々な法律に縛られています。

こんなのはおかしい。たとえば、この二〇年で地熱大国となったインドネシアには、地熱法が存在します。そこで、私は次の通常国会で、地熱法を議員立法で提案しようと考えています」

6

会見後、蔵王の現場を視察した安藤は、その夜、奥刈田温泉郷の「天狗屋」に泊まった。

地元で地熱開発支援に尽力してくれた赤岩に、直接礼を言いたかったのだ。

既に、仁科の〝目標は三〇万キロワット超え〟発言がＳＮＳを中心に物議を醸している。日本地熱事業者協会の事務局にも、蔵王の温泉関係者や自然保護団体から確認や抗議の電話がひっきりなしに掛かっていた。

それだけに、いささか気が重かったのだが、赤岩は紳士的に対応してくれた。

「まずは、一区切り、おめでとうございます」

地元の蔵元の厚意だという発泡日本酒で乾杯した。

「赤岩さんには、ずっとお世話になりっぱなしなのに、ご無沙汰《ぶさた》ばかりで本当に申し訳ありません。不忘村の協力が反故《ほご》になり、結局は奥刈田地区だけの開発になってしまったことが、本当に申し訳なくて」

「正直申し上げると、ウチ以外、全地区が反対だと分かった時は、愕然《がくぜん》としましたよ。これじゃあ、まるで詐欺じゃないかと思いました。温泉組合からも突き上げられました。でも、その後、玉田さんや田端さんに、我々の温泉郷の減衰や泉質などの問題を一緒に考えていただき、ようやく組合員も地熱発電に対して前向きになってきました」

「今後、本格的に運転開始となれば、熱水の有効利用法も色々とご提案するつもりです」

「楽しみにしています。融雪設備などはありがたい話ですからね」

発電に使った蒸気を高温水に変換して、冬の道路の融雪システムや地元のデイサービス、学校などへの温水の供給を考えていた。

「それと、もう一つお詫びしなければならないのは、仁科先生のご発言です」

「例の三〇万キロワットへ向けて、というやつですな。おまけに記者会見では、地熱法の制定を宣言されたとか。いずれもあの方らしいので、あまり気にしていません」

地熱発電所開発業者にとって地熱法の制定は悲願だ。だが、温泉組合との軋轢《あつれき》があるだけに、いきなり国会議員が地熱法制定を目指すと言えば、かえって反発を生むばかりだ。

「あの方の行動は、誰にも止められません。もう少し深謀遠慮が欲しいのですが」

山の幸に舌鼓を打ち、互いに酒を差しつ差されつするうちに、安藤はつい愚痴をこぼしてしまった。

「仁科先生を侮ってはいけませんよ。彼のあの能天気な暴走は、見せかけです。本当はなかなか強《したた》かで、時には策謀めいた企《たくら》みをして人を陥れるぐらい平気でやります。例えば、地熱開発に反対していた不忘村の村長は、スキャンダルのせいで就任一年で辞任していますが、あれはハニートラップだという噂があります」

「それを仁科先生が、仕掛けたと？」

まさか。とても、信じられない。

「あくまでも噂ですけれどね。尤も、今の村長も地熱開発については路線変更していませんから、仁科先生の仕業というのは、デマかも知れませんがね。

それと、地熱反対の強硬論者の県議がいたのですが、彼は汚職で宮城県警に逮捕されました。逮捕に至る情報を提供したのは、これまた仁科先生だとか」

何かと妨害をしてきた県議会与党の大物がいなくなってくれて、安藤も助かったのだが、あの事件に仁科が関わっていたとは初めて聞いた。尤も、仁科の人気が高すぎて、妬《ねた》みからくる噂に過ぎない気もする。

「地熱に懸ける仁科先生の思いは本物です。でもその熱さはなかなか危険で、自分が正しいと思うことを達成するためには手段を選ばないところがあるようです。『蔵王復興地熱発電所』で、色々と接点を持つようになって、彼の正義感の危うさについては、本当だと思うようになりました」

あんな無邪気な男に、そんな一面があるのか。

元々、安藤は人づきあいが得意ではない。

深い付き合いをする友人も皆無だし、腹を割って話ができたのは、兄と御室、そして妻の妙子だけだった。その何《いず》れもが、この世にいないのは皮肉な話だが。

「つまらぬ話をしました。どうですか、芸者でも呼びますか、伝説の婆さんがいるんですよ。

もう八〇歳を過ぎてるんですが、これが三味線も話もなかなか面白いんです」

たまには息抜きも必要か。

7

二〇二〇年一〇月一〇日——

翌日、安藤は郡山《こおりやま》市内にある全総研——国立研究開発法人全国産業技術総合研究所——の再生可能エネルギーセンターを訪ねた。

全総研は、二〇〇一年に、通商産業省工業技術院および全国一五カ所の研究所群および計量教習所を統合再編した独立行政法人で、本部はつくば市にある。

そして東日本大震災後に、再生可能エネルギーの研究開発拠点として、新たに福島県郡山市に誕生したのが再生可能エネルギーセンターだった。

そこで地熱の先端研究をしている研究者がいる。

信田真砂《まさ》名誉研究員だ。

信田は、蔵王に近い宮城県川崎町《かわさきまち》の出身で、父は砂金採掘業者だった。京都大学工学部で資源工学を専攻し、地球のコアの研究を続けてきた。現在、地下四〇〇〇メートルから五〇〇〇メートルにあるマグマを利用した超臨界地熱発電を提唱、世界に先がけて、日本での実現を目指している。

名前は知っていたが、専門家でもない安藤としては、わざわざ会うこともない相手だと思っていた。

それが先週、久しぶりに会った御室夫人の千歳《ちとせ》から、「ぜひ会って欲しい」と強く奨《すす》められたのだ。

信田は、千歳の二年先輩で、今年から御室の孫が、信田のラボにいるという。

これも何かの縁だと思い、仙台行きが決まってすぐに連絡をした。

仙台から郡山まで東北新幹線で約四〇分。そこからタクシーに乗って工業団地の一画にあるセンターに到着した。

「こんなむさ苦しいところにお越し戴いて恐縮です。千歳ちゃんは、元気ですか」

小柄な信田は元気潑溂《はつらつ》として、とても七〇代には見えない。

「私なんかよりはるかにお元気でいらっしゃいます。最近は、弊社の地熱アンバサダーとして、子どもたちに地熱の魅力をレクチャーして戴いています」

「彼女は教えるのがとても上手だから、ぴったりね。それで、今日はお時間の余裕はありますか」

充分あると答えると、ラボに案内された。

「超臨界地熱発電とは、深さ四キロから五キロまで掘り進め、四〇〇度から五〇〇度という高温資源を利用する発電を言います」

超臨界というのは、信田のプロジェクトチームが名付けた名称だという。それぐらいの深さにある熱水は既に臨界温度を超えており、液体でも気体でもない流体の状態にあるのが由来らしい。

「ちょっと、かっこいいでしょ」

その流体なるものの正体が、安藤には把握できなかった。

「たとえばフライパンを熱して、そこにサラダオイルを垂らすと、すぐにさらさらの状態になり、煙を上げるでしょ。あんなイメージかしら」

この発電技術の魅力は、何といっても出力の大きさで、従来の地熱を凌駕《りょうが》する。「私は、一〇〇万を狙ってますけどね」と信田は言う。

さらに、火山の麓《ふもと》で開発する必要もなく、温泉湧出地域から離れた立地が可能になる。

「その気になれば東京でだって開発が可能なんです。ただし、東京の場合は一万五〇〇〇メートルは掘らなければならないけど。でも、特定地域なら、それが四〇〇〇メートルから五〇〇〇メートルでマグマが隆起しているから、格段に開発しやすいんです」

日本列島近くにあるプレートが、地下深くに沈み込む時に潜り込んだ海水が、超臨界の流体になるのだという。

「一九九五年に、岩手県雫石《しずくいし》の葛根田《かっこんだ》地熱発電所付近を、地下三七二九メートルまで掘削したことがあるのをご存じ？」

「いえ、不勉強で」

「その地点での熱水の温度が五一二度を記録したの。でも、流体層は見つからなかったので、そのまま放置されたんだけど。実は最近の調査で、すぐ近くに流体層がありそうだと判明しています」

さらに、超臨界には大きな長所がある。

流体層がなかったり少なかったりした場合でも、マグマの盛り上がりさえ確認できれば、地上から注水し発電することも、理論上では可能だという。

「つまり高温岩体発電《HDR》もやれると？」

「Ｙｅｓ。そのうえ、ＨＤＲの欠点とされる注水時の誘発地震の可能性も、限りなくゼロに近い」

今は亡き御室耕治郎の奮闘で大分県伽藍岳《がらんだけ》に完成した世界初のＨＤＲは、その後、何度か誘発地震を起こして、現在は休止中だ。

「政府からは二〇四〇年までのロードマップを出すように言われているけど、問題山積です」

超高温高圧の岩石物性の科学的解明、高温高圧に耐える井戸の素材、さらに掘削・仕上げ技術、流体採取技術、酸性流体対策など、多くの課題が未解決らしい。

「全部が解決する前に、人類は宇宙で生活できるようになるんじゃないか、って冗談が出るくらい、難題だらけなの。だから、私たちはこのプロジェクトを『地熱アポロ計画』と呼んでいる」

「夢のあるネーミングじゃないですか」

「安藤さんは、前向きでいい人なのね」

「これぞ地熱の未来予想図に相応《ふさわ》しい名だと思いますよ」

「そのポジティブな姿勢は、素晴らしい。千歳ちゃんが褒めるだけのことはある。だからこそ、日本の地熱開発の雄である御社に、ぜひともご助力を戴きたいんです」

「弊社でお役に立つことがありますか」

「いくらでも。何と言っても、御社は、世界初の高温岩体発電を成功させた実績がある。さらに、御社には御室耕治郎の薫陶を受けた技術者たちがいる。それに、あなたの知名度にも期待している」

「私の？」

「地熱学界や業界で、安藤幸二を知らない人はいない。さらに、震災以降はエネ庁や政治家連中との関係も深い。また、財界のお偉方とも交流があるでしょ。そういうあなたの顔の広さ、さらにあなたのクリーンなイメージは、地熱のイメージアップには、欠かせない」

「弊社の実績とおっしゃいますが、既にHDRの方は、開店休業状態ですし、ジオ・エナジー・グループも発展的解散をして、今は細々と『蒸気屋』を営んでいるだけです。それに、顔の広さなら、私などより仁科先生の方がよほど適任では？」

「残念ながら、彼は『人寄せパンダ』に過ぎない。やはり、地熱の重鎮のお力添えは必須です」

何を言っても丸め込まれそうなので、安藤は素直に信田の依頼を引き受けた。

「それから、HDRの成果は、とても貴重な参考資料となります」

「でしたら、伽藍岳のHDRの開発に携わった者がいますので、ご紹介します。ちなみに、『地熱アポロ計画』のご予算は、どの程度を考えておられるんですか」

「初期投資、つまり試掘とその分析、評価に少なくとも一〇〇億円。でも、とにかく難題ばかり積み上がっているから、下手をすると数千億円の追加費用が必要になるかもしれません」

なるほど。確かに、資金を湯水のように費やしたアメリカの「アポロ計画」に似ているな。

信田が、研究室の壁際でずっとメモを取っていた若者を紹介した。

「御室純平君、千歳ちゃんのお孫さんです」

8

二〇二〇年一二月三日――

バッドニュースは、予兆なく突然やってきた。

「蔵王復興地熱発電所」で大きな成果を挙げてから約二ヶ月後、大分にある本社会長室を出ようとした安藤の携帯電話が鳴った。

蔵王に出張中の玉田からだった。

〝最悪の事態になるかもしれません〟

おいおい、開口一番、何を言い出すんだ。

〝生産井の噴気がほぼ停止しそうです。あれこれ手を尽くしていますが、これ以上は無理かもしれません〟

「パイプが詰まっているとかでは、ないのかね」

〝生産井に問題はありません。考えられる対策は、もう一本、井戸を掘ることですが、私はお奨めしません〟

つまり、熱水層が小さすぎたために、既に水が涸《か》れてしまったということだ。

「水を入れるのは、どうだね?」

〝残念ですが、効果は期待できません。こんな短期間で涸れるようでは、持続的な発電は無理だと思います。早急に専門家を呼んで、熱水層の規模の判断ミスの原因を解明すべきかと〟

「玉田君、君以上の専門家がいるのか」

〝私の判断の甘さが、この失態を招きました。なんとお詫びをすればいいのか〟

「何をバカな。私は、君の判断を全面的に信じているよ。原因究明についても、君以上に的確に答えを見つけられる専門家はいないと思っている」

〝電総研の新居《あらい》先生にお願いできればいいのですが。とにかく私以外の第三者による分析は必要です〟

「分かった。それは君から頼みたまえ。それと、自分を責めるなよ。掘ってみたら涸れていたなんてのは、地熱業界ではよくあることだ」

〝会長、ありがとうございます。気持ちを強く持って、事に当たります〟

＊

本社で原稿を書いていた実香のスマホが振動した。発信者はイアン・ブラナーだった。

〝実香サン、記事を読みましたか〟

ブラナーの声が興奮している。

「えっと、どの記事ですか」

〝おたくのネット記事ですよ。「蔵王復興地熱発電所」の蒸気が止まったようで、プロジェクトは失敗かって書いてありますよ〟

そんな記事が出るわけがない。社内でエネルギーを担当しているのは、私一人だし、その私が書いてないのに。

「まさか。すぐに調べて、折り返します」

記事は、すぐに見つかった。書いたのは、県政担当の同期だった。

実香は、すぐに電話を入れた。

〝あれは、午後一ぐらいに記者クラブに投げ込みでリリースが入ってたんだ〟

「つまり、県の発表ってこと?」

〝そうだよ。県の企画部総合政策課が出した。蔵王町役場から連絡があったらしい〟

すぐに蔵王町役場に連絡すると、広報担当からも農林観光課からも「そんな情報を出した覚えはない」と返ってきた。

今度は、発電所の現場事務所に連絡したが、話し中で繋《つな》がらない。現場監督の携帯電話にかけても同様だった。

これは直接行くしかないか。プラナーから連投でメールが来ていた。

大半が、ニュースサイトやSNSへの投稿とおぼしきURLを知らせるものだ。

一つめのURLをクリックすると、他紙の記事が出た。全国紙や通信社が一斉に報じている。

次のメールにはSNSの投稿へのリンクが貼られていた。

〝蔵王復興地熱、大失敗発覚! 蒸気が出ないって、何億もかけてそんなの許せるわけ? 蔵王の大自然を返せ!〟

多数の建設反対派の投稿で沸騰していた。しかも、凄い勢いで拡散している。

いったい、どうなってるの⁉

あんなに大騒ぎして工事を実現させた挙げ句に、失敗だなんて‼

＊

奥刈田温泉郷の組合員らは「天狗屋」で、「NHKニュースウオッチ9」を見ていた。

さすがに全国放送では、「蔵王復興地熱発電所」開発が失敗したという程度のニュースはやらないだろうと、赤岩は思っていた。

だが、それは意外な形で報じられた。

この日、政府の来年度に向けたエネルギー戦略会議が開かれたというニュースがあった。その会議後の記者会見の様子も報道されたのだが、それがちょうど地熱に関する質疑の場面で、江口久美子経産大臣が、「蔵王の復興地熱発電所の井戸が涸れているのが分かりましたが」という問いに答えたのだ。

〝誠に残念な結果です。そもそも、リスクの高い地熱発電所開発を復興プロジェクトと位置づけたことに疑問を感じますね。東日本大震災からもう一〇年ですよ。それだけの時間と血税を投入して、失敗でしたでは済まされないと、厳粛に受け止めています〟

「なんだ、まるで他人事《ひとごと》だな。この女ふざけてんな！」

組合員の一人が怒りをぶつけた。

だが、彼女は就任以来、ずっと「カーボンニュートラルの切り札は、再生可能エネルギーと新しい形の発電」を標榜《ひょうぼう》しながら、風力と太陽光ばかり礼賛し、地熱は黙殺する発言を繰り返していた。

それを知っている赤岩からすれば、怒りも湧かない。

さらに来年度のエネルギー戦略についての質問に対し、大臣は〝洋上風力と水素資源に予算を傾斜させます〟と断言した。

9

二〇二〇年一二月一四日――

この老人は、いつまで生きるのだろう。

大磯《おおいそ》にある元民自党重鎮の安藤大志郎邸を訪ねた伊豆は、そう思わずにはいられなかった。

対面するだけで相手をすくみ上がらせた、かつての凄みは消えている。威圧感のあった巨体もすっかり萎《しぼ》んだものの、眼力の強さだけは健在だった。

安藤との付き合いは、三〇年を超える。

初めて会ったのは、当時の通産省資源・エネルギー庁の原子力政策課員に異動した時だ。着任したその日に、伊豆は課長と共に議員会館に安藤を訪ねた。原発族のドンである彼への挨拶は、何よりも重要な業務であった。

名刺交換と同時に「日本のエネルギー政策の要諦《ようてい》はなんだ」と問われた。伊豆が「手段を問わず、潤沢な供給力を保有することだと考えます」と即答すると、「君は度胸があるな、気に入った」と、豪快に笑われた。以来、三日に一度は、議員会館や民自党会館に呼びつけられ、エネルギー政策の哲学と戦略を叩き込まれた。

日本に原子力発電を誘致した立役者の安藤は、原発に対して揺るぎない信念があった。電力の安定供給こそが先進国の証《あかし》。資源に乏しい日本にとって、原発を電力供給の核にして、日本を世界一の経済大国にする――。

国益のために一途《いちず》に情熱を注ぐ安藤に感化された伊豆は、時間さえあれば国内外のエネルギー専門家を訪ね歩き、原発やエネルギー行政の研鑽《けんさん》を積んだ。

やがて、通産官僚というより安藤の懐刀のような存在として一目置かれるようになり、「原発の鬼に、知恵伊豆あり」とまで言われるようになった。

側近であるからには、安藤が求める政策実現のために、奔走し、結果を出さなければならない。そのため、代理人として、国会議員に「安藤の意向」を伝え、あるいは、省庁間の連携や根回しを行い、遂《つい》には霞が関の交渉人《ネゴシエーター》として影響力を有するようになった。

その後、官邸入りし、総理補佐官として総理や民自党幹事長に重用された。だが伊豆は年々、失望している。日本の政治家は目を覆いたくなるほどの勢いで劣化していた。「当たり前のことができない」大臣、国益や安全保障の真理が理解できない総理……。このままでは、日本が二等国に転落するのは時間の問題だと、伊豆は危機感を抱いている。その焦燥感に背中を押され、一総理補佐官という立場を超え、あるべき日本の政治の道を築くために骨身を惜しまなかった。

すべては日本の未来のため。

嫌われても恐れられても、安藤から叩き込まれた政治の王道を守るために腐心してきた。

定年まであと二年と迫り、伊豆は残りの時間で、何とか日本のエネルギー安全保障を盤石なものにしたいと考えていた。

世界は脱炭素《カーボンニュートラル》社会へと突き進んでいる。その実現のためには、ガソリン車と火力発電との決別が「必須」とされてしまった。

地政学から考えても、実現は不可能なのに、国際社会の空気を読みすぎる日本は、無駄な約束ばかりをしている。原発の再稼働が進まないのに、そんな約束の実現は奇跡でも起きない限り不可能だった。

現総理の坂部も、ことあるごとに「カーボンニュートラル社会の実現」を謳い、人気取りを図っている。しかも、喉元《のどもと》過ぎれば、すぐに忘れ去る――。

おまけに、坂部総理のお気に入りである江口久美子経産大臣の愚行のせいで、今やエネルギー安全保障は危機的状況にある。

その関係をつい勘繰ってしまうほど総理は江口にのめり込み、彼女の言うがままに、一部の再生可能エネルギーのさらなる特別待遇を進めてしまった。

何度も異を唱えた伊豆は煙たがられ、挙げ句には補佐官解任までちらつかせられた。

もう愚かな総理に仕えるのはまっぴらだと思った時、安藤から電話があったのだ。

「暫《しばら》く見ない間に、また貫禄《かんろく》がついたな」

「滅相もありません。先生こそ、まったく年を取りませんね」

「もう体はボロボロだよ。だが、この国を見捨てて、一人であの世にいけんだろう」

それが、この老人のエネルギー源かも知れない。

「ある男が、情報を持ってきたんだが」

座敷机の上に、安藤は封筒を置いた。

中を検《あらた》めると、調査機関の報告書で、数枚の写真、通帳のコピー、さらには音声データの文字起こしなどがまとめられていた。

内容は、江口の不正とスキャンダルについてだった。

「こんな問題児を経産大臣にするとは、坂部にも、ほとほと困ったものだ」

江口は、坂部自身が内閣に引っ張り込んで経産大臣に抜擢《ばってき》した。

五〇代前半だが、外資系のコンサルらしい知的な色気があると言われ、就任当初は、「サプライズ人事」「地味総理の大金星!」などと話題になった。

「次の『文潮《ぶんちょう》』に出る」

「総理との男女関係もですか」

「それは重要な切り札だから、もっと有効に活用したい。そこだけは、情報提供を控えさせた」

いったい何をなさるおつもりだ。

「伊豆君、チャンス到来だと思わんかね?」

「まさか、院政を敷かれるのですか」

「そんな面倒なことは、しないよ。愚かなエネルギー政策の大転換をやってもらおうと思っている」

だから、私が呼ばれたのか……。

「原発シフトですか」

「地熱だ」

まだ、固執しているのか……。

再生可能エネルギーとしては、大いに期待できる発電法であるのは、伊豆も認めている。だが、問題が多すぎた。中でも伊豆が絶対に納得できないのが、規模だった。とにかく小さいのだ。

「そんな顔をするな。おまえさんが気にしている規模の問題も、一挙解決できる方法があるんだ」

日本が開発した画期的な新技術で、「超臨界地熱発電」という。その技術を以《もっ》てすれば一〇〇万キロワット級の地熱発電が可能だという。

「私は夢にかけたいんだよ」

九〇歳を過ぎてそう言い切れる安藤は立派だが、引退者の夢を叶《かな》える余力など、我が国にはもはやないのだが。

「ですが、蔵王の失敗がありますから、これ以上の地熱シフトは難しいかと」

膨大な時間と予算を食いながら、規模は当初の計画の六分の一になった挙げ句に失敗では、「地熱が日本を救う」などというキャッチフレーズは、詐欺と言われかねない。

「あれは、失敗ではないんだ」

そう言って安藤は、ジオ・エナジーのリポートを差し出した。ざっと目を通すと、失敗の要因は掘削地の選定ミスとある。

「掘削地を間違えたということは、最初の調査が杜撰《ずさん》だったわけで、開発業者の責任逃れじゃないですか」

「震災で追い風が吹いたとはいえ、それでも規制と法律でがんじがらめだったんだ。だから、もう一度、チャンスを与えたい。しかも、今度は、フリーハンドでな」

リポートでは、現在の開発現場から国定公園の特別保護地区内に約七〇〇メートル入った地点での再開発を提案していた。

だが、この再開発を認可させるためには、法改正と開発現場までのアクセス路開発、そして、送電線設置も必要で、つまりは着工のはるか前段階から途方もない時間と人手と莫大《ばくだい》な資金が必要になる。

安藤の口ぶりを聞いていると、その資金を国が補助しようと考えているようだ。

「震災前、日本の原発の電力供給率は三割もあった。それが事故以来、大半の原発が稼働していない。なのに、愚かな総理も世間も、火力発電所を止めよと言っている。実質八割の供給を賄っている火力発電所を止めて、日本はどうやって生きていくんだね」

最後は、この馬鹿げたゲームを牽引《けんいん》しているヨーロッパですら、「もう少し火力に頼ろう」と言い出すに決まっている。

「誰だってカーボンニュートラルの社会なんてのがナンセンスなのは知っている。だがな、火力に依存すれば、ペナルティが科されるのは間違いないぞ。日本の場合、それはとんでもない額になる。その時、どうする？」

「そこは原発で対応すればよいかと。既に国民の原発アレルギーは随分治まりました。来年度予算には、新規原発開発のための予算を計上します」

「新規となると住民や、市民活動家から猛烈に反対されるぞ」

だからといって、代わりに地熱というのは、あり得ない。

「電力供給は、エネルギー安全保障の中で、最重要問題だ。こういう時は、シーリングなんて無視して、規制も法律も一気に整備して、莫大なカネを突っ込んで、打開するしかないんだよ。伊豆君、我々の使命とは何だね？」

「発電方法を問わず、必要なだけの良質な電力を、日本の隅々にまで安定供給することです」

「その通りだ！　だから、私と最後のタッグを組もう」

10

二週間かけて調査した結果、「蔵王復興地熱発電所」の開発は、凍結すべきという結論に至った。

来週には、日本地熱事業者協会の臨時幹事会で、その旨を伝える。

地元に戻ってきた安藤は、玉田を日本料理店「椿亭《つばきてい》」に誘った。ジオ・エナジーの本社は、大分県の名湯・湯ノ原温泉郷の一角にある。安藤の母方の実家がそこで旅館を営んでおり、「椿亭」は、その敷地内にある。

「ところで、田端君は見つかった？」

地ビールで乾杯してすぐに、安藤が聞いた。「蔵王」の失敗が確定した先週、現場監督の田端が現場から消えた。

「まったく。手がかりもないんです。ご家族にも何の連絡もないそうです。そろそろ警察に行方不明者届を出すべきかと相談されました」

田端は今回の「失敗」について、現場監督として相当に責任を感じていたらしい。玉田は自殺の心配をしているようだ。

「大分に戻ったのかどうかも、分からないんだよな」

「まったく分かりません。蔵王の部屋はそのままなんですが、普段ずっと持ち歩いているパソコンバッグはありませんでした」

「蔵王と大分と両方の警察に行方不明者届を出そう」

「マスコミに騒がれるかも知れませんよ」

「田端君を失う方が損失が大きいよ。これは私の方でやるから」

温泉郷屈指の名旅館である「鶴《つる》の井《い》別荘」のメインダイニングでの食事なのに、玉田共々重苦しい気分で味わう気にもなれなかった。最後の水菓子が出たところで、安藤の秘書が入ってきた。

「お寛《くつろ》ぎのところ、すみません。明日の『週刊文潮』が、ちょっと問題です」

差し出されたB４用紙には記事のゲラ刷りがプリントされていた。

経産大臣とお友達が企んだ地熱潰《つぶ》し

失敗が前提だった復興地熱発電所開発の裏側

見出しを読んだだけで、安藤はのけぞりそうになった。

〝東日本大震災復興のシンボルとして粛々と開発が進められ、完成に向けて大きな一歩を踏み出したかに見えた「蔵王復興地熱発電所」開発は、その後事実上、開発が頓挫《とんざ》した。

二五〇〇メートル以上の地下から熱水を汲み上げ、その蒸気でタービンを回すという地熱発電は、カーボンニュートラル対策の切り札としても注目を集めていた。

だが、その過程で、地熱ブームを潰したい人たちの思惑が入り込み、本来、より確実とされた場所での開発が妨げられた上に、渇水が予測できたデータが改竄《かいざん》されていたことが、編集部の調べで分かった〟

「データ改竄って何だ？　初めて聞くが」

玉田に聞いた瞬間、彼の顔が引きつった。

「まさか……。それを田端が……」

「まさかって？」

「実は試掘で、私が予想したよりも熱水層の水量が多く出たという報告を受けたんです。それで、田端に数値に間違いがないか質《ただ》したことがあります。彼は、間違いないと断言したのですが、その言い方が、彼らしくないなと思ったのを、今、思い出しました」

安藤は胃が痛くなってきた。

「彼がデータを改竄したというのか。一体、何の為に」

記事では、江口経産相の不正疑惑を詳報していた。それによると、以前からカーボンニュートラル推進を政治信条にしていた江口には、国内外の再生可能エネルギー関係者が、様々な支援や便宜を図っていたという。

その中には、外資系企業もあり、彼らからの資金提供や便宜供与は、政治資金規正法違反のみならず受託収賄罪の可能性もあって、東京地検特捜部も重大な関心を寄せていると書かれていた。

さらに江口は、国家プロジェクトに位置づけられている「蔵王復興地熱発電所」の運転が開始されると、彼女が推進している再生可能エネルギーや新エネルギーが打撃を受けるのを懸念し、「蔵王プロジェクト」を潰そうと画策したというのだ。

そして地元の反対派が開発業者を抱き込み、調査データを改竄したのだという。

「それが田端だったんでしょうか」

あまりにも信じ難い疑惑を口にしたのが辛《つら》すぎるのか、玉田は今にも泣きそうだ。

「おいおい、君が田端君を疑ってどうする。彼がそんな奴に見えるか」

「……そうですね。ところで、この記事は、どうやって手に入れたんですか」

玉田が問うと秘書は、会長室宛にメールで送信されたものだと答えた。

「送信者は？」

「〝蔵王の天狗〟とありました」

ふざけた名前だな。

この記事は全く意味が分からない。疑問だらけだ。

そもそも蔵王の五万キロワットの地熱発電所の開発を妨害して、何の得があるというのだ。
洋上風力や水素ならともかく、日陰者の地熱なんて妨害する必要もないのに。

11

二〇二〇年一二月一九日——

次の火の手は、海外から上がった。

イギリス人の友人が〝今日の「インデペンデント」を読んだか。我が国の論客が、地熱開発をテーマにオタクの総理をフルボッコで叩いているぞ〟と安藤にメッセージを送ってきた。

友人が添付してくれたテキストにすぐ目を通す。王立国際問題研究所《チャタムハウス》のメンバーである社会学者イアン・ブラナーが、日本の地熱行政を酷評していた。

〝先進国内でただ一国、まったく化石燃料を使わず、原発もゼロにしてやっていける国がある。それは、日本だ〟

日本には、地熱資源が潤沢で、数値的には原発の供給量を賄えるだけのポテンシャルがある。なのに、日本は地熱を無視し続け、高騰を続ける化石燃料を未だ買い漁《あさ》り、原発再稼働を狙っている。

日本人は、正気を失っている——というような批判が、細かいデータや、「蔵王復興地熱発電所」の顚末《てんまつ》と共に書かれていた。

しかもスクープされた「週刊文潮」が発売前の段階で、ブラナーは「蔵王復興地熱発電所」

のデータ改竄や、七〇〇メートル位置をずらして特別保護地区内に建設すべきだったのに認可されなかったという裏事情まで書いていた。

いったい何が起きているんだ。

安藤がぼう然としていると、社長の藤原岳士《ふじわらたけし》が声を掛けてきた。

「会長、『インデペンデント』の記事を読まれましたか」

「今、読んだよ」

「今日はG7の日ですよ。総理には最悪のトラブルじゃないですか」

「イアンは、それを狙って書いたのか」

「あの方は、なかなかの策士ですからね。それぐらいやりかねません。会長に取材依頼が殺到していますが、どうしますか」

「悪いが、今は答えることはない」

*

とんでもないスクープで社内が浮き足立っている中、祖父の大志郎から連絡がきた。

「お元気ですか」

〝あと一〇年くらいは大丈夫そうだ。ところで、一つ聞きたい。超臨界地熱発電の現実性というのは、どの程度なんだ〟

「そんなネタ、どこで仕入れてこられたんですか」

〝そんなことはどうでもいい。どうだ。おまえの会社でやれるか〟

「全総研の信田さんには、全力でお手伝い致しますと、答えました」

〝よし、分かった！　幸二、ありがとう。それだけ聞けば十分だ〟

それで電話は切れた。

もしやこの一連の騒動の黒幕は、あの爺《じい》さんなのか、と訝った。いや、さすがにもうそんな影響力はないな。だが、祖父がその気になれば、この程度は朝飯前であろう。

九重《くじゅう》連山の間から、地熱発電の噴気が見えた。今日も活発だ。人の手などほとんどかけなくても、凄まじいエネルギーをもたらす地熱。決してお荷物ではないのに、いつも厄介者扱いされる。これ以上、地熱を汚す事態など何も起きて欲しくない。いや、これが吉に転じるのなら、歓迎すべき試練なのだろうか。

12

「インデペンデント」の記事は、その日のうちに国内メディアでも話題となり、G7で取り上げられるのではとまで言われている。

そんな最中に、ブラナーから無茶な依頼がきた。

東京の総理会見を取材したいというのだ。

実香はダメ元でデスクに相談すると、「ぜひ行ってこい」と言われた。報道局長の意向なのだという。

現状維持が大好きな会社にしては、珍しい話だった。世界に発信するブラナーの破壊力が魅力だったのだろう。

総理会見は、G7の会議終了後の午後八時から予定されていた。

取るものもとりあえず上京した二人が、総理官邸に近いザ・キャピトルホテル東急にチェックインした時には、東京支社がプレス証を用意してくれていた。

官邸のプレスルームに入ると、目敏《めざと》い記者がブラナーを見つけ、声をかけてきた。

「私へのインタビューは、会見後にお願いします」

ブラナーが笑顔で応《こた》えると、記者はそれ以上は粘らなかった。

定刻になっても、総理はなかなか姿を見せなかった。二〇分以上経過し、記者から不満の声が上がった頃に、広報官が現れて打合せが長引いていると説明した。

さらにしばらく待たされて、ようやく、内閣総理大臣・坂部守和が姿を現した。

幹事社による代表質問が続き、自由質問になるといきなりブラナーが立ち上がった。

「ジャーナリストのイアン・ブラナーです。総理、G7でも日本の地熱開発について話があったかと思います。具体的には、どんな内容だったのでしょうか」

会見場がどよめいた。

坂部総理は緊張したのか、唇を舐《な》めてから、答えた。

「今朝のイアンさんのエッセイを大変興味深く拝読致しました。おっしゃるとおり、イギリスのジョンソン首相との雑談で、日本の地熱発電が進まない理由を尋ねられました。

それにつきましては、地熱発電所開発にシフトした政策を早急に実行するつもりだとお答えしております。具体的な内容は、後日、経産大臣からお伝えします」

「江口経産大臣は、地熱発電に否定的ですが、大丈夫ですか」

「ご安心ください。総理の責任をもって、地熱発電を見直す政策をご提示します。これは、私がG7の首脳の皆様にお約束したことでもあります」

＊

二〇二〇年一二月二三日――

翌週に通常国会開会を控えるタイミングで、坂部総理は内閣改造を断行した。江口経産大臣は更迭され、地熱発電に理解がある尾上正春《おのえまさはる》が就いた。

また、新時代エネルギー開発担当大臣として、仁科が初入閣した。

その三日後、尾上経産大臣は「地熱発電促進プロジェクト」を発表する。

それは、全国の地熱発電有力候補地に限っては、環境を損なわないことを条件に、特別保護地区内でも、保護地区外から掘削する「斜め掘り」を認めるなど、大幅な緩和措置を行うというものだった。

また、来年度通常予算で、超臨界地熱発電研究に総額三〇〇億円を計上すると発表した。

13

二〇二〇年一二月二六日――

摑みどころのない男だ。

安藤大志郎からすれば、仁科良一という男は、宇宙人のような存在にしか見えなかった。

イケメンで「地熱王子」と呼ばれて、最近はやりのSNSを駆使して、数万人の若者からの支持を集める。

「改めて御礼を申し上げたくて、参上致しました。私のような若輩者を新時代エネルギー開発担当大臣という重職にご推薦戴き、誠にありがとうございました。

全身全霊を傾けて、先生のご期待にお応えしたいと思います」

〝口上〟だけは神妙だが、なぜか胡散臭《うさんくさ》い。

東日本大震災の直後に、突然、仁科は安藤邸にやってきた。安藤が政界を引退し、大磯に引っ込んだ後だ。

地熱推進を掲げて初当選した若手議員がいると、伊豆からは聞いていた。興味はあったが、国会議員としては無力に近い。だから、会いたいとも思わなかった。

ところが、いきなり本人が押しかけてきて、開口一番「先生の弟子にしてください」と言い放った。

そして、仁科は一方的に安藤の業績を褒め称《たた》えた。まさに安藤こそが、自分にとって理想の政治家だとまで言った。

挙げ句に、「安藤先生が引退された今、私がこの国を地熱大国にするために、命を賭ける。ついては、厳しく御指導戴きたい」と両手をついた。

安藤は、大袈裟《おおげさ》なほど時代がかった人物が嫌いではなかった。また、一度たりとも視線を逸《そ》らさず、まっすぐに安藤の目を見つめて話す仁科の肝も気に入った。

身内は誰一人として政治の道に進もうとしなかった。それどころか、一族のほぼ全員に嫌悪されていた。それだけに遺志を継いでくれる孫が現れたような感動を覚えてしまった。

今となっては、この男の〝魔力〟にたぶらかされたと理解している。

「君の功績からすれば、もっと重要閣僚に抜擢して報いるべきだったかも知れない」

「いえ、先生。自由度の高い恰好《かっこう》なポストを戴いたと思っております」

「そうか、期待しているよ。それはそうと、『文潮』に提供したネタ元を教えてくれてもいいだろう」

「それについては、どうかご勘弁ください」

伊豆が調査したところによると、仁科は過去にも政敵や、地熱反対派の政治家などを、スキャンダルで潰していたらしいが、尻尾《しっぽ》を摑まれるようなことは一度もないのだという。

見た目は、いかにもスマートだが、やることのエグさは、安藤の若い頃を凌いでいる。

「それよりも先生、これからの課題ですが」

「最優先は、『蔵王復興地熱発電所』開発の再チャレンジだな。エネ庁の所管でもあるから、尾上経産大臣に委《ゆだ》ねようと思う」

「承知しました。では、私は後方支援に回ります」

仁科は、国内外で日本の地熱ブームを巻き起こす仕掛けを用意しているらしい。

まあ、それは好きにやればいい。それから――。

「英国とアイスランド、そして、日本の連携とはまた大きく出たものだね。君、そんなことが本当にやれるのかね？」

安藤には、アメリカの「友人」は、大勢いるのだが、ヨーロッパの連中は苦手だった。

なんとなく「山猿め」とバカにされている気がするからだ。

なのにこの東北の田舎者が、英国とエネルギーで連携すると提案している。どう考えても、実現できるとは思えなかった。

「イアン・ブラナー教授を、ご存じですか」

「G7会議後の総理会見で、坂部をきりきり舞いさせた男だろ」

「世界的に影響力を有する〝大物〟です。そんな方がご支援を確約して下さっているんです。

また、アイスランドについては、超臨界地熱資源開発を進めている信田先生が、レイキャビク大学との共同研究について、合意点に達したと聞いています」

なんとも華々しい話ばかりだな。

謀略とは、泥臭いものだ。なのにこの男は、やることなすことが、派手すぎる。

「仁科君、一つだけ忠告しておく。君は、もう一国会議員ではない。日本政府を代表する閣僚だという自覚を持たなければならない。

それは、すなわち、無理な外交交渉や総理の判断なき約束は、出来ないという意味だよ」

「はい。そのあたりのセンシティブな面は、伊豆さんにしっかりと御指導戴く所存です」

「他者のスキャンダルを漁る行為も慎まないといけないよ」

「先生、私はこれまでに一度たりとも、そんな行為に手を染めたことはございません。私は、不器用なバカ正直者でございます」

ますますウソ臭いな。

「その言葉を信じるとして、超臨界地熱資源開発は、どうなのかね。実現性は極めて低いと伊豆は言っているが」

「鳴かぬなら鳴かせてみようホトトギス、で参ります。そのためには、集められるだけのカネを突っ込みたいんです。財務省のうるさ型を黙らせるためのご助力を、何卒《なにとぞ》お願い申し上げます」

第二章　プラン・ヴァルカン

1

二〇二一年一月一七日――。

玉田は、久しぶりに伽藍岳地熱発電所を訪れていた。

標高一〇四五メートルの伽藍岳は、大分県別府《べっぷ》市と由布《ゆふ》市に跨《また》がる活火山だ。中腹には、直径約三〇〇メートルの火口があり、常に噴気が上がっている。その麓《ふもと》に、ジオ・エナジーの伽藍岳地熱発電所がある。

出力一〇万キロワットと小規模ではあるが、営業運転を開始して四〇年以上を経ても、涸《か》れることなく稼働を続ける優等生だった。

二〇余年前の入社以来、玉田は地熱発電研究所の研究員として、ずっと噴き上がる蒸気を眺めて過ごしてきた。

北海道大学の地質学教室で、ほそぼそと地熱発電を研究していたところを、所長の御室耕治郎に誘われて就職したのだ。

御室は、人工的に地熱発電を行う高温岩体発電《HDR》のエキスパートだった。玉田にとっては、憧《あこが》れの存在である御室からのオファーに、喜び勇んで九州に向かったのだが、入所後は苦闘の連続だった。

それでも、御室と二人三脚で数々の難関を乗り越え、伽藍岳地熱発電所に隣接する形で、世界初のＨＤＲの営業運転開始を達成した。

今でもあの時の感動を思い出すと、泣きそうになる。これで日本は、地熱大国になる！　誰もがそう確信した日でもあった。

しかし、ＨＤＲには弱点がある。人工的に地下に熱水を発生させる時に地震が発生するのだ。それを地元は問題視して、営業運転停止に追い込まれた。

それと入れ替わりで始まった「蔵王復興地熱発電所」の開発に専念した玉田にとって、伽藍岳地熱発電所は遠い存在になってしまった。

また、東日本大震災発生以降の地熱開発ブームによって、コンサルティング業務が急増した。それで全国各地を飛び回り、由布市での滞在時間がますます減ってしまった。

「本部長」と声を掛けられ、振り向くと、発電所副所長の島中《しまなか》が立っていた。

「やあ、お疲れ様。久しぶりに、ここの蒸気を見たくなっただけだよ。気にせずに」

「そうですか。何かあったら、お声がけ下さい、中央制御室におりますので」

島中を見送って、玉田は見学用の遊歩道を歩いて展望台に向かった。

春になれば、一面新緑に包まれる山肌道も、一月中旬の今は、時折吹き上げる風が冷たかった。北海道生まれで、寒さには慣れているとはいえ、厳冬期の谷風は堪《こた》えた。

白い息を吐きながら展望台に上がると、噴気を上げる火口が見えた。

「地熱発電とは、地球の息吹をお裾《すそ》分《わ》けしてもらって、我々の生活に恵みをもたらす仕組み」

という御室の言葉を初めて聞いたのが、この場所だった。

御室は、元は原子物理学の研究者で、将来を嘱望されていたという。それが、ある出来事をきっかけに原子力と決別し、地熱発電開発に取り組むことになる。原子力と地熱では必要な学識は全て異なるにもかかわらず、御室は瞬く間に地熱研究のトップランナーとなる。

御室は常に怯《ひる》まず挑み続けた。実証の伴わない理論を認めず、どんなナンセンスなアイデアでも試してみる——。その姿勢が、世界初のＨＤＲの実用化として結実したのだ。

そんな人物の後継者になるなんて到底無理だった。それでも、御室亡き後は、この国を地熱大国にするという使命を背負ってしまった。

それに、玉田には、故郷北海道で、日本最大の地熱発電所を建てるという目標がある。

小学六年生の時に、泊《とまり》原子力発電所を見学して原発のパワーに圧倒された。その凄さを夢中で話すと、父が言った。

「じゃあ、今度の休みに別の発電所に見学に行ってみよう」

父は、森町《もりまち》にある地熱発電所に連れて行ってくれた。

山の麓の発電所から上がる噴気に圧倒された。発電所内を見学しながら、その仕組みを教わって、たちまち地熱発電の虜《とりこ》になってしまったのだ。

地球が生み出す熱（地熱）を利用して発電する。シンプルだが、「地球に優しい」発電は、両親が大切にしている「大地と一緒に生きる」という考えにも繋《つな》がっていた。

なのに、北海道にある地熱発電所は、森発電所一つだけだ。もっと北海道中にあればいいのに……。それが、将来の夢になった。

東日本大震災が起きなければ、今頃、北海道で第二の大型地熱発電所が営業を開始していたかも知れない。

二〇一一年四月、ジオ・エナジーは、大雪山《たいせつざん》の麓で、日本最大の地熱発電所の開発に着手すると発表する予定だった。

大雪山の地中に、日本屈指の熱源があることは、国立研究開発法人新《N》エネルギー《E》・産業技術総合開《D》発《O》機構などの調査で分かっており、二〇万キロワット級の地熱発電開発が可能だと考えられていた。

その矢先、大震災が発生し、深刻な原発事故が起きたのだ。

震災後、泊原発による電力供給が困難になるであろうと予測され、大雪山地熱発電所はその不足分を補えるのでは、と玉田は期待した。

ところが、震災復興のシンボルとして蔵王での開発が政府主導で決まると、大雪山の開発計画は中止を余儀なくされた。蔵王開発会社にジオ・エナジーが指名されたからだ。

当時の安藤妙子社長は、「地熱開発に追い風が吹いているのだから、大雪山と蔵王を一挙に開発すべき」と主張したのだが、蔵王の開発に集中せよ、と政府から圧力を掛けられて玉田の希望は潰《つい》えた。

だから、玉田は蔵王開発に注力した。

具体的な熱源調査を進める中で玉田は、早くから立入不可の地点にまで入り込んで生産井《せい》を掘るべきだと主張した。

しかし、それを実現させるためには、膨大な政治的折衝と地元への説得、さらには予算が必要だった。その時も政治的圧力に屈して、特別保護地区をはずして試掘した。

そして、最悪の事態が起きた。

地熱発電開発の要諦《ようてい》は、拙速に計画を進めないことだ。

御室なら、絶対に妥協しなかったろう。

「今の場所では、安定した噴気は望めない。時間が掛かっても、特別保護地区内での開発を認めて欲しい！」と強硬に訴えるべきだったのだ。

しかも、全幅の信頼を寄せていた田端に裏切られてしまったかも知れない。

すっかり弱気になった玉田は、浮上のきっかけが欲しくてここを訪れた。

ダウンジャケットのポケットに突っ込んでいた辞表を、玉田は握りしめていた。

携帯電話が鳴っている。ディスプレイを見ると、安藤からだった。

〝伽藍岳にいるんだろ？　今から、私のオフィスに来てくれないか〟

2

秋吉麻友《あきよしまゆ》は、待ち合わせの場所である「青山文庫《あおやま》」に向かっていた。中学時代の同級生に、いきなり呼び出されたのだ。同じ元バレー部員だが、特に親しくもなかった。

いったい何の用だろう。

仙台駅近くの雑居ビルにある「青山文庫」は、五〇〇〇冊を超える本を揃えたライブラリー・カフェだ。

店に入ると、「麻友、こっちこっち」と声がした。

小林夏凜《こばやしかりん》が手を振っている。

「久しぶり！」

会うのは二年振りだろうか。

夏凜はスポーツ万能だが、一方の麻友は、「本の虫」で、スポーツより読書の方が好きだった。なのにバレー部に所属したのは、学校の方針で全員が運動部に入るルールだったからに過ぎない。

ポジションは、守備専門のリベロで、大抵はサブだったが、キャプテンを務めた。

三年生が引退する時に、キャプテンが後継者を指名する慣習で、「我慢強く、まとめ役としてベストだから」という理由で、指名された。

いずれにしても夏凜の存在自体を忘れていた。

「急に呼び出しちゃってごめんね」

「久しぶりだね。でも、いきなりで、びっくりしたよ」

テーブルに二人分のマウンテンケーキとコーヒーが置かれた。

「ここの苺《いちご》とホワイトチョコのマウンテンケーキは人気ですぐに売り切れちゃうらしいから、先に頼んでおいたよ」

この店の常連である麻友は、このケーキが大好きだったが、最近は極力甘い物は控えていた。

このところ体重増を気にしている。色々ダイエットも試みるのだが、成果は上がらず、せめてやれることをやろうと、ケーキは週一回までと決めていた。だから、本当は食べたくないのだが、そんなことを言えるほど親しい仲ではない。

「それで、相談って?」

「私、今、地下アイドルやってるんだ」

「えっ⁉　マジで。凄いね、ライブとかもしてるの？」

「あんまり売れてないんだけどね。〝スーパー・モー〟っていうガールズ・グループなんだ。デビュー時は、〝アスリーツ〟って名前だったんだけどね」

夏凜の話の先が、見えなかった。

「改名したのは、私たちが地熱応援アイドルに、指名されたから」

「地熱発電の地熱ってこと？」

「そっ。『日本を地熱で救おうプロジェクト』っていう団体が、地熱発電をアピールするために、イメージ・アイドルを公募したの。それに応募したら、選ばれた」

「凄いね。私も応援するよ。頑張って」

夏凜が地熱推進というのが、今ひとつピンとこなかったが、地味に地熱を応援している麻友としては嬉《うれ》しい限りだ。

麻友が、地熱などというマイナー・エネルギーに興味を持っているのは、小学生の時にジュール・ヴェルヌの小説『地底旅行』を読んだのがきっかけだ。

アイスランドのスナイフェルスヨークトルの頂にある火口の中を降りていけば、地球の中心にたどり着くことができる——という古文書を読んだ大学教授らが、冒険に出掛けるという物語だ。

そして、アイスランドから地球の真ん中に行ける！　と騒ぐ麻友に、父親が、アイスランドのガイドブックをプレゼントしてくれた。

スナイフェルスヨークトルという山は実在したのだが、地球の中心に至る道は存在しなかった。そのかわりに、地熱発電所のことが詳しく書かれていたのだという。

そして、六年生の夏休みに、鬼首《おにこうべ》地熱発電所を見学したのだ。

その時知ったことを、夏休みの自由研究でまとめた「地熱発電は大切！」は、資源エネルギー庁長官賞を受賞している。

麻友の地熱に対する興味は、年々深まっていった。

「全国地熱愛の会」という大分の地熱開発企業ジオ・エナジー社が立ち上げた同好会にも参加。年に一度行われる地熱発電所見学には、父に付き合ってもらって参加して、世界のエネルギー事情にも詳しくなった。

一方で、世間ではエコとか自然派とかいうくせに、地熱が、日本でずっとマイナーという現実に幻滅した。

だから、やれることは何でもやって、地熱の魅力をアピールしたいという思いが、募っていく。

とはいえ、中学生としてやれることには限界があった。せいぜいがＳＮＳのコミュニティを設けて仲間を集めたり、地熱情報の発信を工夫してやったり、文化祭で発表したりだが、思いつくことを色々とやってみた。

そうした地道な活動を続けていく麻友は、高校一年生の時、感動的なアニメーション映画に出会う。

地球という惑星に秘められた力をテーマにしたファンタジー作品だ。

この作品は、ただ地球を礼賛するだけではなく、人間の営みとの共生が、理想通りにはいかず、挫《ざ》折《せつ》や失敗が繰り返される場面が続く。

結局は、「それでも、諦《あきら》めない」ことしか、打開策はないという現実の厳しさとそれでも挑む大切さを、複数の主人公を通じて静かに伝えている。

麻友は、映画を観て、これこそ地熱発電の素晴らしさを訴える方法ではないかと強く思った。

麻友は、いても立ってもいられなくなって、この作品の監督である世界的アニメ作家熊本恵輔《くまもとけいすけ》に、長文の手紙を送った。

映画の感想や、自らの活動を切々と綴《つづ》った上で、〝地熱発電の素晴らしさを、先生のお力で、多くの人に伝えてもらえませんか〟と書いた。

返事が来るとは思っていなかった。

ところが、二週間ほどして、熊本から返信が来た。

〝あなたの地熱に寄せる情熱に、強く感動しました。どこまで力になれるか分かりませんが、一度、東京のアトリエまで遊びに来ませんか〟

そして、夏休みを利用して麻友は、奥多摩《おくたま》の熊本のアトリエを訪ねた。

それからは、今思い出しても信じられないようなことが立て続けに起き、半年後、五分間の地熱応援アニメーションが完成したのだ。

「ところで熊本恵輔の地熱アニメって、麻友の手紙がきっかけだったって聞いたよ。熊本恵輔がインタビューで、仙台市の女子高生の熱い手紙に感動して、地熱を勉強して、その素晴らしさを訴えたいと思った――って。でね。私たちのクライアントが、地熱についてのPR活動をするんだけど、それを麻友にも手伝って欲しいの」

3

「明日、エネ庁に行かなければならないんだが、君も一緒に来いと言われた」

　メッセージを読んですぐに会長室を訪ねた玉田に、安藤が言った。

「蔵王開発の失敗に対する処分の件でしょうか」

「いや、そういうネガティブな話ではないようだよ。蔵王はまだ終わっていない、ということらしい」

　玉田は、言葉の意味を測りかねた。

「――つまり、もう一度、チャレンジできるということですか」

「詳しいことは分からないが、開発責任者の君からも、蔵王の可能性について意見を聞きたいんじゃないかなあ。玉田君、いろいろと思うことはあるだろうけれど、必ず攻略する方法はあるから、絶対に諦めない。私が妙子から学んだことだ。彼女は呆《あき》れるほどの粘り腰でいつも活路を拓《ひら》いてきた。だから、私も蔵王を諦めるつもりはないし、君にも諦めてもらっては困る。それが、開発者の使命だろ」

　安藤は常にポジティブ思考の人だ。開発に長い時間を要し、常に失敗の可能性と背中合わせの地熱開発で、この人だけは常に前向きに、成功を信じている。

「おっしゃる通りです。それに試掘地点が変更できるなら、必ず結果を出します」

　これで辞表の出番はなくなってしまった。

「その意気込みを、君自身の口からアピールして欲しい。もしかしたら、エネ庁は、はした金を投げるだけで、蔵王を続けろと言うだけかも知れない。しかし、続けろというのなら、エネ庁にも腹を括《くく》ってもらうつもりだ」

「何を要望されるんですか」

「国定公園内特別保護地区で開発すること。そのために必要な規制緩和やインフラについて面倒をみろ、と求める。その資料をまとめておいてくれ。今晩の最終便で、東京に飛ぶから、それまでによろしく」

4

その日、実香が出社すると、報道部長の権田《ごんだ》周治《しゅうじ》に呼ばれた。局長が実香のことで怒っているらしい。

「ブラナー氏のインタビューの件ですか」

「朝日新聞」がブラナーを取材していた。朝、その紙面を見て実香も驚いたが、記事の内容は、的を射ていた。

「本人に連絡は?」

「しました。感想を聞かれましたので、カーボンニュートラル社会実現に向けた日本政府の煮え切らない態度への批判は、素晴らしいと伝えました」

部長がため息をついた。

「あんな重要なインタビューを、『朝日』にやられたのかと、局長は怒っている」

「私がやるべきだったと反省しています。なので、これからブラナー氏に会いに行くつもりでした」

「局長は、我が社はブラナー氏を囲い込んでいるとお考えだ。だから、あの記事が許せないらしい」

何、言ってんだ？

「アホらしくて、反論する気も起きませんが」

「そんな発言を、局長の前でやるなよ」

実香は渋々頷《うなず》いて、権田と共に局長室に向かった。

小松保《こまつたもつ》が、編集局長という要職に就いているのは、「仙台日報」最大の謎だと言われていた。

週に三度スポーツジムに通う自慢の体形で、オーダーメイドのスーツを着こなす社内一の洒《しゃ》落者《れもの》だが、いかんせん、知性がまったくない。新聞記者としての実績はないが、気づくと局長にのし上がっていた。

その秘けつは、社主が喜びそうな記事を十年一日の如くひたすら書き続けたことだという。

「やあ、片桐君、お早いご出社、ご苦労様」

「取材先を数件、回ってきたものですから」

「明日の紙面が楽しみだ。で、一つ伺うんだが、いつからブラナーは、朝日のものになったんだね？」

プレジデントデスクの前で胸を反らしながら、小松は嫌みを投げてきた。

「仰《おつしや》っている意味が分かりません」

「G7の時に、どうしても官邸で取材したいというから、我々はブラナー氏に便宜を図った。確か、記者証まで用意したよね」

非常勤論説委員という不思議な肩書きの記者証だった。

「その恩を、彼は仇《あだ》で返すわけだ。そして、君はそれを見過ごした」

恩を仇で返しているのは、我が社の方では？　と言ってみたかったが、権田の手前、飲み込んだ。

「私の至らなさについては、深く反省しております。申し訳ございませんでした」

「ウソつけ。反省なんてしてないだろうが。もしかして、あの記事は、私への面当てかね？」

「まさか」

「私が、地熱発電について長々と述べた彼の記事を没にした。君は、それを根に持っているんだろ」

総理会見のレポートは、それなりに扱ってくれたが、その後のブラナーの発言についての原稿は、没にされた。

全国紙を中心に多くの社が詳報したにもかかわらずだ。

「滅相もありません。原稿の扱いについて、私にとやかく申し上げる権利なんてございませんから」

「そんなウソがまかり通ると思ってんの？　君が、ブラナー氏のインタビュー原稿を没にされたとあちこちで言いまくってるって聞いてるけど」

誰かがチクったわけか。

「それはデマです。いずれにしても午後から、ブラナー氏にお時間を戴《いただ》いているそうです。そこでしっかり挽回《ばんかい》します」

権田が助け船を出してくれた。

「挽回ねえ。今から『朝日』の二番煎《せん》じをやってもしょうがないでしょう。そんなことするより、今日こそ『杜《もり》の都リゾート』の素晴らしさを話してもらってよ」

「杜の都リゾート」とは、「仙台日報」が開発したリゾート施設で、長期滞在型ホテルと、英国名門カントリークラブの設計者によるゴルフ場が自慢だった。

社主自らお願いして、ブラナーを招待した。ブラナーは三日ほど滞在して「こんな成金趣味のホテルは、心が安らがないね」と酷評している。

局長からは、ブラナーに「リゾート滞在記」を書かせろと何度も言われているが、あの英国人が素直に書くわけがないので、実香の独断で先延ばしにしてきたのだ。

「しかし、本紙の読者の大半は、『朝日』の記事を読んでいないわけですから、カーボンニュートラル社会実現への提言を語ってもらうのは、重要かと思うのですが」

「片桐君は、カーボンニュートラル社会なんて、本当に来ると思う？　私は、所詮《しょせん》きれい事だと思うけどな。大体、化石燃料と決別っていうけど、あれって結局ＥＵの陰謀でしょ。そんな話、少なくともウチの読者は、読みたくないよ」

「カーボンニュートラル社会」とか、「ＳＤＧｓ」には、実香自身もうさん臭さを感じてはいるが、地球温暖化対策は、世界が真剣に推進しようとしている活動であり、先進国としての使命は大きいはずだ。なのに、編集局長ともあろう人が、こんなことを言うのか……。

「それに、我が社は地熱の応援団じゃないからな」

地元企業、中でも大口スポンサーの意向を忖度《そんたく》する局長は、東北電力女川《おながわ》原子力発電所の一刻も早い再稼働を訴えているし、知事と地元の民自党議員が推す洋上風力も応援している。その上、蔵王をはじめとする県内の温泉組合にも配慮しているから、「地熱は敵」と言って憚《はばか》らない。

「私から言いたいことは以上だ。明日の一面を空けておくから、ブラナー大先生が、『杜の都リゾート』で寛《くつろ》いでいる写真を大きくカラーで使ったインタビュー記事、よろしくな」

5

実香宛てに「世界的アニメーション作家に、地熱推進の動画を作らせた女子高生」と話題になった秋吉麻友から、メールが来た。

〝新聞記事で、日本はもっと地熱の重要性を理解するべきだというブラナー教授のご意見を読みました。

私もまったく同感です。

『日本を地熱で救おうプロジェクト』という団体をご存じですか?　熊本先生や地元の国会議員の仁科先生などが主宰されている会です。

その団体公認の「地熱推しアイドル」である〝スーパー・モー〟のリーダーが、私の友人で、来週、「蔵王復興地熱発電所復活イベント」を行います。

「仙台日報」でも、取り上げて戴けませんか〟

編集局長に「我が社は地熱の応援団じゃないからな」と言われた腹いせに、実香は地下アイドルを取材する気になった。

6

福島県郡山市にある全総研再生可能エネルギーセンターの超臨界地熱資源開発研究チームの研究員である御室純平は、地下四〇〇〇メートルから五〇〇〇メートルの環境にも耐えうるコンクリートの開発実験を続けている。

コンクリート実験は、スタートして三三分で「失敗」に終わった。

「もうちょっともってくれると思ったんだけどなあ」

今回の実験コンクリート「X128」を開発した孫崎庸輔《まござきようすけ》は、コンクリートが破砕される直前のデータを確認している。

孫崎はセメント開発のエキスパートで、数々の特殊セメントの開発に従事していた〝レジェンド〟だ。

年齢では父親世代であるにもかかわらず、そのチャレンジ精神と創意工夫力は、純平が呆れるほど粘り強く、決してへこたれない。

既に一年近く実験を続けているのだが、たとえ失敗に終わっても、少しでも可能性の芽があれば、実験を繰り返す。

地熱発電に必要不可欠な生産井《せい》や還元井は、地下深くの過酷な環境にも耐えられる特殊金属からなる。さらにそのパイプを守るために緩衝材としてコンクリートを流し込んでいる。そして、熱水温が五〇〇度になる超臨界地熱発電の場合は、それ以上の耐熱、耐振動性能を有するコンクリートを独自で開発する必要があるのだ。

現在は、一三〇〇度の高温にも耐えられる水硬性のアルミナセメントをベースに実験しているのだが、耐振性や耐久性のいずれも期待する数値が上げられずにいた。

純平は、一つの研究分野に固執せず、技術や知見を集約し、人も素材も適材適所でプロジェクトを成功に導くためのＣＥＯ（Chief Engineering Officer）を任されている。

チームの平均年齢は四〇代後半で、三二歳という若さでのＣＥＯ抜擢《ばってき》は、「できる者が責任を持つ」という信田の方針の象徴だった。

「孫《まご》さん、耐熱より耐振性重視で組成するのはどうですか」

「耐振性を上げると熱に弱くなるのは、既に実証済みだけど？」

「そうなんですけどね。これまで、耐熱を最重要視してきたんですけど、うまくいかないことばかりだし、それならいっそ根本から変えたらどうかなって思うんです」

「なるほどな。けど、あと五種類組成したのがあるから、それを試してからでもいいかな？」

「もちろんぜひ、それはやってください」

そして、純平はプロジェクト《P》・マネージャー《M》室を覗《のぞ》いた。

信田は電話中だったが、手招きで入れと告げている。

ＰＭ室には、世界最大の地熱発電所であるアメリカのガイザーズから、日本最大の伽藍岳地熱発電所まで、世界中の地熱発電所の写真がギャラリーのように並んでいる。

日本地熱開発史上に燦然《さんぜん》と輝く御室耕治郎を、純平は尊敬していた。だが、祖父への憧れから同じ道を歩んでいるわけではない。

元々、少年時代の純平の興味は、宇宙空間にあった。

何より純平を魅了したのは、アポロ計画だった。人類の叡智《えいち》を惜しみなくつぎ込み、単なる科学技術ではなく、アメリカ合衆国の総力が奇跡を起こしたことに感動したのだ。

後に、その根底には、科学やアイデアを一つに結び革新を起こすエンジニアリングという考え方があったと知るのだが、とにかく不可能を可能にするためのプロジェクトに関わりたいと強く思ったのだ。

研究の場は、宇宙開発にあると信じて、航空宇宙工学を目指そうと決めたのだが、「ザ・コア」というパニック映画を観て、興味の対象が変わった。

地球の内側への興味が広がり、手つかずの状態であるジオ・フロント開発の方が夢があるように思えたのだ。

ところが、現実には、ジオ・フロント開発とは、手つかずどころか、夢物語のような存在だった。しかし、資源なき国家ニッポンの救世主になると確信し、超臨界地熱資源に出会ったのだ。

父や祖母は、「お祖父《じい》ちゃんの血かなあ」と喜んだが、それは偶然だと思っている。

「突然だけど、経産大臣と環境大臣が、視察に来るそうよ」

信田は嬉しいというより、迷惑と言いたげだ。

「何か準備しますか」

「別段、新しい成果があるわけじゃないから、いつもと同じ説明をします。みんなの貴重な時間を無駄にしたくないんで」

そうは言うが、大臣に好印象を持ってもらえば、国から多くの補助金を受けられるかも知れない。

ＰＭの信田には必要な思考だが、彼女はその点が希薄だ。ただ、一意専心で研究に打ち込めば、自《おの》ずと成果が上がり、お金もついてくる、というのが「信田流」だ。

しかし、海外の研究機関に所属した経験のある純平からすると、ぜひとも考え直して欲しいことではある。

分かる者だけ分かればいい、というのは研究者のエゴであり、現代はそれが許される環境ではない。

「僕が案内役を務めてもよろしいでしょうか」

「それは助かるけど、コンクリート実験の方に支障はないの？」

「孫崎さんに全任しますので、差し支えないかと」

「じゃあ、お願いします。正直言うと、私は来週の国際学会の準備に追われて余裕がなくて」

それは重要な学会で、うまくすれば、超臨界地熱資源開発の費用を国外から集められるかも知れなかった。

「先生は、そちらに専念してください」

「それより、何か用があるから来てるんでしょ」

そうだった。

「実は、地下の深い地点での緩衝材は、別の方法を考えてみようと思うんですが」

「高分子ポリマーの活用ってこと？」

地熱発電の根幹を支えるパイプの緩衝材はコンクリート、という常識に縛られていては、いつまで経っても、問題解決に至らない。そこで、別素材の可能性を考えてみるべきだと思っていた。

そんな時、高熱高圧に耐え、柔軟性の高い高分子ポリマーの研究者がいるという情報を得たのだ。

「ぜひ会って来なさい。もし有望なら、その研究者を引き抜いてきて」

「本当にスカウトして、大丈夫なんですか」

「お金の心配は不要よ。エネ庁が来年度予算を上手にやりくりして、予定の倍をウチのプロジェクトに充ててくれると聞いてます」

それは、心強かった。

「では、明後日《あさって》の大臣見学を終えたら、すぐに京都に向かいます」

7

「内閣参与のオファーがあったよ」

ブラナーの妻が経営している割烹「侘寂《わびさび》」で昼食を摂《と》っている時に、ブラナーが大したことでもなさそうに言った。

「杜の都リゾート」滞在記事の執筆依頼をどうやって切り出すべきか悩んでいた実香だったが、それどころではなくなった。

「実香サン、首相補佐官の伊豆サンという人を知っていますか」

「伊豆潔彦補佐官なら。エネルギー安全保障担当の首相補佐官を務めている方です。もしかして、伊豆さんから連絡があったんですか」

「Yes。今朝の『朝日新聞』を読んで、ぜひ、政府内で地熱発電の推進役を務めて欲しいと言われました」

「凄い話じゃないですか。で、お受けになるんですか」

「少し考えたいので、時間を下さいと答えました」

「珍しいですね。いつもは即断即決なさるのに」

「権力とは、一定の距離を置くのが、スタンスなのでね」

そこがブラナーの美点ではある。

「なのに、受けようかどうしようか悩んでらっしゃる?」

「虎穴《こけつ》に入らずんば、虎児を得ずでしょ。日本で地熱開発を推進するためには、政権の近くにいる方が何かと有利です。この国は、そういう国だと、学びましたからね」

「じゃあ、前向きに考えてるんですね」

「主義と現実が葛藤《かっとう》しています。英国で、何度も政権からアドバイザーとしての参画を求められたのに、応じませんでした。

でも、日本でそんなスタンスを貫いたら、死ぬまで何の成果も上げられない気がします。ならば、主義を曲げてでも、地熱大国実現に一肌脱ごうかと」

英国人が、日本人以上に日本の未来を憂え、その解決のために役に立ちたいと考えている。

「イアンさん、私は日本人として恥ずかしくなりました。本当に、ごめんなさい」

「いずれにしても、妻にも相談し、その上で今日一日考えることにします」

そんな話題のあとに、「杜の都リゾート」滞在の記事の件など話す気にもなれなかった。

麻友との待ち合わせ場所には、同席者がいた。

「はじめまして、〝スーパー・モー〟の夏凜です」

「お二人に会えて嬉しいです。ぜひ、色々お話を聞かせて下さい」

最初に話し出したのは、夏凜の方だった。

「まず、来週、勾当台《こうとうだい》の野外音楽堂で、イベントをやりますので、新聞で紹介して欲しいんです」

その日に、地熱推しアイドルだと宣言するという。

「熊本さんの凄い地熱アニメがあるじゃないですか。あの映像を、ステージのバックで流すんです」

さらに、仙台で人気のＤＪが司会役を務め、地熱の専門家や大学の准教授らによるパネルディスカッションも予定されている。実香は、地熱の専門家や東北大の准教授とも面識があった。

なのに、そんなイベントがあるのを知らなかった。

「急に決まったイベントなんです。地熱なんてほとんどの人が知らないでしょ。無駄がなくて、地球に優しいエコなエネルギーを、私たちでアピールしたいんですよ」

良い試みだと思った。

「私たちのふるさとで『復興地熱発電所』ができるって、世界に誇れる計画です。だから建設再開を訴えたい。片桐さん、ぜひ取り上げてください」

8

新しい法案を国会に提案する場合には、内閣法制局の協力が必要だ。

一年前から、エネ庁や石油天然ガス・金属鉱物資源機構《JOGMEC》の有志と検討を続けてきた「地熱法」を、次の臨時国会で提案しようと考えていた仁科は、内閣府にある大臣室に、法制局の担当課長を呼び、提出に向けたツメの作業に入っていた。

従来、地熱発電所の開発には、温泉法を準用してきた。だが、そもそも地下数百メートル程度掘れば済む温泉と、二〇〇〇メートル以上の地底深くまで掘り進まなければならない地熱発電開発は、似て非なるものだ。

その上、自然環境保全法や国有林野法、鉱山保安法など複数の省庁が所管する法律の影響も受ける。

そのため、地熱発電所の新規開発が難しかった。

ならば、経産省から立法提案をして、地熱産業育成的な仕組みを織り込んだ地熱法を制定することが、絶対必要だと、仁科は考えたのだ。

さらに、インドネシアの地熱振興に、仁科は注目していた。これまでは地熱発電所が少なかったのに、この一〇年で、一気に発電所を増やしている。同国で、地熱発電所開発の急増の起爆剤となったのが、地熱法の制定だった。

発電資源量では世界第三位でありながら、発電量ランキングでは、一〇位に甘んじている日本の地熱振興のためには、是が非でも地熱法が必要なのだ。

「大臣、率直に申し上げますと、既存法との整合性を図るのに時間が掛かっております。また、温泉法や自然環境保全法、国有林野法で認めていない事業を承認するには、各法の改正も必要になります。次の臨時国会での議案提出は難しいと存じます」

法制局の担当課長は、まったく申し訳ないという顔をせずに言った。彼らは最初から、既存法との衝突事項が多すぎる地熱法制定には、消極的だった。

「そこを何とかしてくれるって話だったじゃないですか」

エネ庁の地熱開発室長の遠野《とおの》が、食い下がった。

「遠野さん、何とかするレベルでは難しいですな。これは、時間をかけてじっくりやるべきかと」

「関係省庁との摺《す》り合わせは私の方でやります。だから、地熱開発促進の指針となる法案の叩《たた》き台を大至急まとめて下さい」

仁科はそう言うと、担当課長を部屋から追い出した。

「まったく、あいつらは、楽ばかりしようとして、なってないですよ！」

同様に、地熱開発に情熱を注いでいる遠野は、怒りを爆発させた。

「でも、難しい法案だからね。やっぱりこういうのは、総理の肝いりでないと、しんどいんだろうな」

脱炭素《カーボンニュートラル》社会の実現関連法や、洋上風力発電関連法は、総理のごり押しで次々と成立していった。地熱にも権力者のごり押しがいるのだ。

＊

明日に予定されている全総研再生可能エネルギーセンター訪問について資源エネルギー庁の職員らと打合せしている仁科に、秘書課長が声をかけてきた。

「伊豆補佐官が、大至急お会いになりたいとお見えですが」

アポイントもない面会など拒絶しようかと思ったが、すぐに大人げない発想を自戒した。

職員らが大臣室を出ると伊豆が入ってきた。

仁科は伊豆が苦手だった。自分の腹の内の全てが見透かされている気がするからだ。

また、伊豆はエネルギー問題については、単なる総理の〝知恵袋〟であるだけではなく、政策遂行のためには、政官財を横断して暗躍する実力者だ。目的のために策謀を巡らせる仁科と似たような活動をしているが、年季が違う。伊豆に比べれば、自分のやっていることは〝ガキの遊び〟みたいなものだ。

「急なご用件とは？」

「イアン・ブラナー氏を内閣参与にお招きしたいと、総理は考えていらっしゃいます」

「それは、素晴らしい。大賛成です」

「ところが、ブラナー氏は躊躇《ためら》っているようで」

「ブラナーさんは、在野からの発言者であることを大切にされているからですよ」

「さすが、仁科大臣、よくご存じだ。そこで、総理からのたってのお願いとして参上した次第です。何とか、ブラナー氏を説得して戴けませんか」

「私が、ですか」

「旧知の間柄である大臣が、最適任者ではないかと考えまして」

確かに、閣僚の中で、説得できるのは自分だけの気がする。

にもかかわらず、仁科には良いチャンスとは思えなかった。

「伊豆さん、それは買い被《かぶ》りでは？　確かに私の選挙区の大物ですし、ブラナーさんは、大の地熱推進派ですから親しくして戴いています。だからこそ、主義を曲げて、内閣参与を引き受けて欲しいと、私からは申し上げにくい」

伊豆は、今の説明が聞こえていないかのように、無言でこちらを見ている――伊豆らしい戦法だ。

「――仕方ありませんね。ブラナーさんと話してみます」

「頼もしいお言葉、本当に感謝申し上げます。では、早速、明日午後四時に、ブラナー氏のご自宅に行って戴けますか。それからもう一点、お願いがございます」

仁科は嫌みったらしく腕時計を見た。だが、伊豆には立ち去るつもりはなさそうだ。

「明日、尾上大臣も全総研に行かれる予定だったかと思いますが、尾上大臣のご訪問はキャンセルいたしました」

「そんな勝手な」

総理補佐官ごときが、経産大臣に指示をしたのか。どういうつもりなんだ。

「尾上大臣には従来方式の地熱発電所の新規開発に注力して欲しいからです。夢より、現実。それが、経産大臣の使命ですよと申し上げました。超臨界地熱資源開発について、総理は仁科大臣に全権を委《ゆだ》ねると期待されておられます。なので、全総研には、お一人でお願い申し上げます」

伊豆の「命令」に従うのは、不服だが飲み込んだ。

別れ際に封書を預けられた。

「総理から、ブラナー氏への親書です。お会いになったら、最初にお渡し下さい」

9

翌朝午前九時に、玉田は安藤と共に、資源エネルギー庁を訪ね、長官室に案内された。

エネ庁に呼ばれるとしても、担当部署である資源・燃料部政策課だと思っていたのに、まさか長官室とは。

安藤は「何だか大袈裟《おおげさ》なことが起きそうだねえ」と、慌てずゆったりとソファに体を預けた。

しばらく待つと、長官の大内澄雄《おおうちすみお》を先頭に、数人が姿を見せた。次長、資源・燃料部政策課長の他に、地熱担当として地熱開発室長と係長だ。

さらに尾上経産大臣まで現れた。

「安藤社長、大分からわざわざありがとうございます。『蔵王復興地熱発電所』では、大変なご苦労をかけました。そして、引き続きよろしくお願い申し上げます」

「恐縮です。こちらこそ、力至りませんで、面目ございません」

安藤の予想通り、とんでもなく仰々しい場に居合わせてしまった。玉田の額には、早くも汗が滲《にじ》んでいる。

「早速ですが、エネ庁としては『蔵王復興地熱発電所』の開発に、再挑戦したいと考えており、引き続きジオ・エナジーに開発をお願いしたい」

概要は聞いていたものの、玉田は、大内の言葉に耳を疑った。

「今後は玉田さんが、平成二七（二〇一五）年にまとめられた、『蔵王復興地熱発電所』の最適地についての提案書でご提示戴いた場所での開発をお願いしたい」

つまり、特別保護地区内を七〇〇メートルも侵入しての掘削を認めるというのか。

「環境省から全面的な了解を得ております。温泉法にも、邪魔はさせません」

大臣が替われば政策は変わる――。

かつて、妙子がジオ・エナジー再生のために社長として乗り込んで来た時、彼女はそう言った。

まさか再びそれと同じ状況に置かれるとは。

「我々にとって火力発電の代替となる発電法の獲得が、最重要課題です。しかも、原発再稼働はまだまだ苦しい。ならば、地熱に懸けようと考えました」

尾上は、東大を卒業して外資系経営コンサルタント会社に勤務した政策通として知られている。その尾上が太鼓判を押している。

「皆さんの地熱に懸ける思いは、よく分かりました。ですが、我々の一番の懸念は、開発資金です。お恥ずかしい話ですが、弊社に開発を継続するだけの体力はございません」

資金のことを聞くと、玉田もつらい。

「蔵王復興地熱発電所」の開発費用は、復興予算という名目で、予算の三分の一にあたる金額を政府が拠出した。さらに、政府系金融機関からの低金利での融資もあった。ところが、開発期間が予定よりも長期化したうえに、トラブルが続いた挙げ句、熱水量が少なく、開発を断念した。

その結果、ジオ・エナジーは莫大《ばくだい》な負債を抱えた。

「新年度予算には、幹省も環境省も脱炭素関係の予算をかなり織り込んでおります」

尾上の言う「かなり」とは、いったいどの程度なのか。きっと安藤は尋ねたいに違いない。だが、彼は感謝の言葉を口にしただけだった。

玉田には別の点で気がかりがあった。それはこの場にいる誰一人として「蔵王開発リスタート」の困難さを理解していない点だ。尤《もっと》も、ここで水を差すわけにもいかなかった。

10

日本経済団体連合会の本拠は、大手町《おおてまち》にある。

初代の経団連会館は一九六六年に完成し、アルミ製のアーチ状の庇《ひさし》の外観と、震災でも崩壊しないという頑強な構造を誇り、財界のシンボルと言われた。その後、大手町地区の再開発に伴い、二〇〇九年に新たにビルを建設した。

新しい経団連会館の横にはＪＡビル、日本経済新聞社東京本社ビルが並んでいる。しかも、低層階では、三つのビルがブリッジで繋がっており、財界、農業団体、経済新聞のトップが一つに繋がっている姿は、まるで権力を誇示しているようだと揶揄《やゆ》する声もあった。

かつては、東京電力会長が経団連会長などを務めた関係で、伊豆もよく訪れていた。それが、東日本大震災時の原発事故及び、東京電力の実質国有化などで、自然と足が遠のいた。

この日、伊豆が久しぶりに経団連会館を訪れたのは、呼び出しを受けたからだ。

「久しぶりですな、伊豆さん」

出迎えたのは、財界の何でも屋と言われる、会長補佐官の平数盛《たいらかずもり》だった。年齢は六三歳のはずだが、鋭い大きな目と薄い唇が、計算高そうに見える。

経団連に会長補佐などという役職はないが、この男の名刺には、堂々とそう書かれている。歴代の会長の側近として、経団連の作法を教え、またトラブルシューティングも一手に引き受けている。

「天下の総理補佐官を呼びつけて恐縮です。まあ、そういう方々がお待ちだと、お察し下さい」

「それで、お話の趣旨は？」

「あなたの専門分野についてですよ」

　原発か……。


　平に案内された役員応接室には、鉄道界のドン、電力会社の大物ＯＢ、そして自動車産業のカリスマが鎮座していた。

　会いたくもない亡霊たちが、よくぞ集まったものだ。

　最初に口を開いたのは、電力会社ＯＢの上杉辰之輔《うえすぎたつのすけ》だった。

「しばらくだね、伊豆君。まあ、現役バリバリな上に、総理の御側御用人としてご多忙だろうから、年寄りのことは忘れてもらって結構。だがね、原発を忘れてもらっては困るねえ」

「けっして原発の再稼働推進を忘れたわけではありません。世論の盛り上がりにいまだ欠けているのと、最近は、裁判所が次々と運転差し止めという判決を下すのも災いしておりまして」

「あのアホな裁判官どもは、不適格でクビにできんのかね」

　鉄道界のドンは、生まれてきた時代を間違えてるな。

「前島《まえじま》会長、私の立場では、それは難しいですね。現在も再稼働しているのは加圧水型原子炉《PWR》だけですから」

「東通《ひがしどおり》なんか最新機なんだぞ。それを再稼働しないとは、けしからん話だ」

理由はともかく、「絶対安全」と謳《うた》っていた沸騰水型原子炉《BWR》が、震災時に甚大事故を起こしたのだ。いくら原子力規制委員会が安全のお墨付きを出しても、地元住民や世論は、それで「納得」はしない。

「それはそうと、伊豆君は原発を止めて、地熱推進に舵《かじ》を切ったという情報を得たんだが。本当かね」

彼らの中では一番常識人と思われる自動車産業のカリスマが言った。

「赤間《あかま》会長、それは誤解です。確かに、内閣改造を踏まえて、地熱発電所の増設に向けた政策を総理がお考えなのは事実です。しかし、地熱発電所は、開発準備の所要時間《リードタイム》が長い上、規模の面でも、原発には到底及びません。

脱炭素社会の実現という国際社会での約束を守るためには、火力の代替発電手段が必要であるという観点からのシフトです」

「カーボンニュートラル社会実現のためにも、もっと電力供給力を上げてくれないと、日本の製造業は終わってしまいます。来週にも、経団連として、原発再稼働の迅速化についての要望書を総理に出すのだけれど、あなたからもしっかりとご支援戴けますか」

赤間会長が身を乗り出して言った。

「もちろんです！　ですが、すべての原発を再稼働するのは、既に非現実的です。最大でも、半分が再稼働できれば良い方かと」

「ならば、リプレイスや、新規の原発建設にこそ、君らは舵を切るべきなんじゃないかね」

赤間に言われるまでもなく、その準備は進めている。

だが、たとえリプレイスするとしても、古い原子炉の廃炉作業には膨大な時間を要する上に、改めて地元との折衝が必要になる。

さらに、新規開発となると、今のところは「夢物語」でしかない。

「鉄道業界では、夢のリニアモーターカーの工事は既に始まっているんだ。そのためには、もっと供給力がいるんだ」

リニアモーターカーの推進者である前島は、鼻息が荒い。

「承知しております。ですから、暫《しばら》くお時間を頂戴《ちょうだい》できれば」

「伊豆君、君にしてはやけに及び腰じゃないか。坂部なんていうボンクラなんか、さっさと葬って、エネルギー安全保障が理解できる総理を擁立したらどうかね。そのためなら、我々は喜んで資金援助するぞ」

前島が、経団連の会長を務めたのは、一〇年以上前なのに、未《いま》だに会長気分でいるのだから、困りものだ。

少なくとも原発依存からは脱出しなければ、近い将来、日本のエネルギー事情は行き詰まってしまう。そのためのベースロードを担える発電法が必要なのだ。

この頭の固い、老害をまき散らしている連中にそれを諭すのは、労力の無駄だ。だからといって放置もできない。

本気で地熱シフトに踏み切るなら、財界の支援が必須《ひっす》だった。

その時、平と目が合った。

11

平が指定した小料理屋は、乃木坂《のぎざか》の住宅街にあった。

表には暖簾《のれん》も看板もない。ただ、一枚板の扉に、平家の家紋である「揚羽蝶《あげはちょう》」が彫られているだけだ。

インターフォンを鳴らすとドアが開き、割烹着《かっぽうぎ》を着た女性が伊豆を迎え入れた。

磨き上げられたカウンターの向こうから、女性と同世代らしい板前に会釈された。

平は、奥の個室で待っていた。

「凄い店をご存じなんですね」

「ここは、私の道楽ですよ。娘婿に任せていますが、一見《いちげん》さんはお断りしています」

伊豆が座ると、平がかしこまって言った。

「本日は、ご苦労様でした。なかなかお見事な裁き振りを拝見していて、改めて伊豆さんの敏腕振りに感心しておりました」

「ご冗談を。それにしても皆さん、お元気そうで、驚きました」

「皆、過去のノスタルジーに生き、日々、退化していっております。現役世代が、だらしないだけに、重鎮たちは気が気ではないのでしょうが、あれは、もはや老害ですな」

財界の僕《しもべ》に徹している平にしては辛辣《しんらつ》だった。だが、油断は禁物だ。誘い水を向けておいて、こちらの腹を探るつもりなのかも知れない。

計ったように冷酒と刺身が出てきた。

女将《おかみ》が襖《ふすま》を閉めたのを待って、平が口を開いた。

「実際のところ、我が国のエネルギー事情の未来は、どうなりますか」

「本気でヨーロッパが提唱する脱炭素社会を実現すれば、日本人の文化的生活はとんでもないことになるでしょう。産業を優先するなら、それ以外の電力消費を極端に抑え込む必要があります。日常的な計画停電、いや生活様式の劣化が起きるでしょうね」

別に驚くような話ではない。電気は、湧いて出てくるものではない。

「今、脱炭素社会の実現について『本気で』とおっしゃったが、政府にその覚悟はないんですか」

「覚悟どころか、どんな社会が訪れようとしているのか、想像できないんだと思います。総理を含め多くの政治家は、なんとかなると楽観している」

「世も末、ですな」

「この先、日本が途上国に転落しても不思議ではありません。もちろん、地球温暖化なんぞそ食らえだと開き直るなら、別に問題もないでしょうが。いずれにしろ、実際に、非常事態が起きてから考えるのではないでしょうか」

「それは、誠によろしくないですな」

平の表情が歪《ゆが》み、うなり声が聞こえた。

「この際、是非伺いたいのですが、財界には、危機感があるのでしょうか」

「何とも言えません。私の実感からすれば、皆で赤信号を渡るのではないかと考えている気がします」

「それで、よろしいのですか」

「よろしいわけがない。そこで、ご相談なんです。原発推進派だった伊豆さんが、これほどまでに地熱を推す理由を聞かせてもらえますか」

「安定した電力を確保したいだけです。エネルギー源は何でもいいんですが、可能な限り火力は避けたいのであれば、最有力が地熱になる——。平さん、今は、戦時中だと考えないと。暢《のん》気《き》に地球にやさしいとか言っている場合じゃない。使えるものは、何でも使って、電力供給力を上げないと、本当にこの国は終わるんです。

だからこそ財界には、ノスタルジーや夢物語を語って欲しくない。電力不足は、財界の死を意味します。

せめて、エネルギー危機について、覚悟して下さい」

「少なくとも私も、財界幹部の一部も、ヒリヒリするほどの危機感を持っています。日本を潰すわけにはいかないと、強く思っている。そういう者は、どんな手段を講じても、電力の安定供給を維持したいんです。

だから、伺いたいんだ。我々が地熱推進を表明したら、本当に地熱開発が一気に進むんだろうか。その保証をしてほしい」

「平さん、この国の安定した電力供給が維持できなければ、日本は死ぬ。現状、原発と火力に重い枷《かせ》がかかっているのなら、地熱を推進するしかないじゃないですか」

12

ブラナーの自宅は「侘寂」と渡り廊下で繋がっている。

応対したのは秘書の原咲楽《はらさくら》だ。

「まあ、仁科先生！　びっくりしました。確か総理補佐官の方がお見えになると伺っていたのですよ」

「そうだったんですが、私が代わってもらったんです」

「それは、イアンも喜ぶと思います」と歓待されて、仁科は茶室に案内された。ブラナーは珍しく和装で出迎えた。

「なんだ、仁科サンじゃないですか！」

同じ説明を繰り返すと、ブラナーは「これは、嬉しいサプライズだ」と言って仁科をハグした。

「素晴らしい茶室ですねえ。とても静かで、落ち着きます」

「まずは、一服薄茶を差し上げます」と言うと、慣れた手つきでブラナーはお茶を点《た》てた。

仁科は、礼を失しないように気をつけて、薄茶の碗《わん》を手にした。

「美味《おい》しく頂戴致しました。今日、突然、お時間を戴いたのは、ブラナーさんに是非とも地熱の応援団長として、内閣参与のお願いをお受け戴きたいと思って、参上した次第なのです。総理からの親書を預かってきました」

ブラナーは、両手で受け取ると、読み始めた。

釜《かま》から上がる湯気を眺めながら、仁科は心を落ち着かせた。

ブラナーは、二度読んだようだ。そして、親書を、釜の湯をたぎらせている炉にくべた。

「読後焼却願いたいと書かれてあったんですよ。まるで、007みたいですけどね。仁科サンが来てくれただけで、私には充分でした。私は総理を煮え切らない男と誤解していたようです」

ブラナーが、おもむろに姿勢を正した。

「内閣参与のご依頼、謹んでお請けします」

13

伊豆は、その部屋に集まった顔ぶれをゆっくりと見回した。

官房長官の平山脩、経産大臣の尾上正春、経団連の会長補佐官・平数盛、そして、保守系新聞の雄・東西《とうざい》新聞社長の磐田《いわた》貴史《たかし》――。

「この会は、我が国のエネルギー安全保障を憂える実力者の皆さんに集って戴きました。脱炭素社会実現という世界的ムーブメントが着実に進行している中、我が国は、未だ危機感を抱けておりません。

こんなことをしていたら、日本は確実に沈没します。

そこで、皆様と、日本のエネルギー安全保障を盤石にするための行動プランを共有し、ここにいるメンバーで、我が国を窮地から救いたいと考え、ご参集戴きました」

伊豆が挨拶《あいさつ》すると、各人は同意の意思を示すように大きく頷いた。

「第一に、原発の再稼働を、着実に進めていきたいと思います。

しかし、現在の日本の社会状況を考えると、原発だけでは、火力発電依存からの脱却は難しい。

そこで、地熱発電の新規開発を、大々的に展開したいと考えています。第一のミッションは、『蔵王復興地熱発電所』開発再開の早期実現です。そのための法整備、予算確保を、過去に例のない手段で断行します。

ここには同席していませんが、既に財務省の私の同志の協力も得て、来年度一般会計予算から、可能な限り蔵王に振り分けるだけではなく、補正予算でも大幅な予算獲得を目指します」

「具体的な獲得目標は、どのぐらいなんですか」

平山が尋ねた。彼は、この会への参加を誰よりも渋っていた。

「最低でも、今年度で一兆円。さらに、地熱開発を支障なく行えるようにするための地熱法の制定を、来年度の通常国会で実現したいと考えています」

また、平山の顔つきが険しくなった。

そんな話は聞いていない、と言いたげだ。

平山は眉《まゆ》をひそめ、他の参加者は笑みを浮かべた。

「ここにお集まり戴いた方々のご覚悟が、日本を救います。この五人で、プラン・ヴァルカンを遂行致します」

そこで、伊豆は既に日本酒を注いだ盃《さかずき》を手にした。

「乾杯」

全員が声を揃えて盃を掲げた。

第三章　地熱アポロ

1

二〇二一年四月七日――

なんだ、これ。

朝食を摂《と》りながら、「エコノミスト・ロンドン」のオンライン版を読んでいた純平は、思いがけないニュースを見つけた。

〝にわかに活気づく夢の地熱開発
米中が、超臨界地熱資源開発に大型投資〟

超臨界地熱資源開発を続けているのは、日本だけじゃなかったのか。

記事によると、来たるべきエネルギー資源不足対策として、各国ともに五カ年計画で総額約一〇〇〇億ドルの予算を投入するとある。

「一〇〇〇億ドルって、一〇兆一〇〇〇億円じゃないか」

先端を走っていると自負している日本の超臨界地熱資源の開発予算は、約三〇〇億円。その三〇〇倍って、どういうことなんだ。

世界最大の地熱大国であるアメリカは、かつて取り組んでいた超臨界地熱資源開発を凍結している。それを、再開するわけだが、それにしても、額が尋常ではない。

〝米中貿易戦争をはじめとする有事対応のため、潤沢に資源を確保したいという政府の思惑で、平時の需要には地熱エネルギー資源を利用し、石油やシェールガスの温存を図るのが目的〟だと、記されている。

中国政府も同様の戦略らしく、〝超臨界地熱資源開発と併せて、東シナ海での天然ガス資源採掘のために、南下政策も強硬に推し進める懸念〟とあった。

中国が超臨界地熱資源の研究を行っているという情報など、耳にしたことがない。つまり、これから研究を始めるという意味だ。

舐《な》めてるな。

一朝一夕で研究者は育たないし、豊富な知見と高い技術がなければ、最初のステップさえ越えられない難開発なのだ。

しかし――、有事体制となれば、話は別なのかも知れない。

戦時中のアメリカの原爆開発は、数年という驚異的なスピードで実現した。

最近、信田の元に、複数の中国人留学生から研究参加の希望が寄せられていると聞いたのを思い出した。また、全総研で超臨界地熱資源研究に携わる研究者に、中国の清華《せいか》大学などから高額報酬を保証したフェローの誘いがあったとも聞いている。

先進国の軍拡気運が収まらず、地球規模で戦争の危機感が高まっている。

にもかかわらず、日本では、そんな危機感が感じられない。

だが、そもそも、戦前、日本が中国領土を占領したり、南下政策を行ったりした目的も、石油や石炭資源獲得だった。

純平は、食器を片付けると、ノートパソコンを開いて、信田に「エコノミスト・ロンドン」の記事について、〝エネ庁やJOGMECに、研究費の増額を打診するべきではないでしょうか〟とメッセージを送った。

さらに、ネット記事を漁《あさ》っていると、意外な情報が飛び込んで来た。

〝日本は、アイスランドに学べ！

緊急開催、『地熱で日本を救えシンポ』、仙台・勾当台の野外音楽堂から始まる地熱フロンティア！〟

衆議院議員の仁科とアニメーション作家の熊本恵輔が主宰する『日本を地熱で救おうプロジェクト』のイベントのようだ。さらに、〝地熱アイドル〟のデビューもあるらしい。

地熱アイドルか……、仁科さんらしい仕掛けだが、無茶をやるなあ。

そもそもこんなの、何か効果があるのか。

＊

「約五〇万人のカーボンニュートラルについて問題意識の高い層をターゲットにした配信をスタートしました」

仁科は、地味なスーツを着た女性が提示したノートパソコンの画面を見た。

〝地熱発電の凄さが隠蔽《いんぺい》され、不都合な話題ばかり提供される謎〟

〝日本が原発地獄から抜けられない三つの理由〟

〝洋上風力発電業界汚職事件の本丸は江口じゃない。特捜部がひた隠しにするある政治家の名〟

〝本気で脱炭素《カーボンニュートラル》社会を目指す気などない上級国民の陰謀に、いつまで加担するのか〟

いずれも如何《いか》にも真実が隠されているようだが、フェイクニュースばかりだ。

仁科に説明している女性は、コンサルティング会社「京大データ分析」の代表だ。

同社は、アメリカ大統領選挙や、英国のブレグジットでも暗躍したと言われているデータ分析コンサルティング会社の手法を、踏襲している。

SNSなどのデータを、AIで分析すると、個々人の好き嫌いから政治志向などが細かくプロファイルできる。これらを利用して、「あなたは、騙《だま》されている」ことを証明する記事を、SNSなどで流す。

彼らは、真実だと信じて疑わないのだが、実際は、その人個人をターゲットにして送られたフェイクニュースなのだ。

それを、数週間にわたって毎日流すと、徐々に、その人の価値観が揺らぎ、やがて発信者の求める方向に流れていく。

一種の洗脳なのだが、当事者は、自分で選んでいるつもりで記事を読んでいるので、操られていることに気づかないのだ。

そんなものに誰が騙されるんだ、と仁科は最初は懐疑的だったが、「京大データ分析」と会い、自分自身で体験して、その巧妙さに舌を巻いた。

アメリカ人はともかく、世界で一番懐疑的な国民と言われている英国人までもが騙されたのも、分かる気がした。

「まだ、一二時間ですが、順調に〝地熱推進〟や、〝蔵王地熱復活〟、さらには、〝イケてる！超臨界地熱〟などのキーワードが急増しています。

また、『地救（日本を地熱で救おう）プロジェクト』の会員も増えています。『地熱アイドル』もうまく仕込めました。彼女らのYouTube視聴回数は、順調に伸びています」

「凄さは分かっているつもりでも、これだけ多くの人に影響を与えられるのは、やっぱり驚きだな。で、地熱法制定についての仕掛けはどうですか」

「万端ですが、実施は『地救プロジェクト』の会員数が、一〇万人を超えた段階にします」

つまり、まだまだカネがかかるということか。

「期待してます。とにかくやれることは何でもやってください」

2

刈田町は朝から、激しい雨だった。

温泉旅館「天狗屋」の主《あるじ》、赤岩湧三は客を送り出して、ようやく一息ついた。

ロビーのソファに腰を下ろして、「暁光新聞《ぎようこう》」を開く。

朝食時に、地元紙の「仙台日報」には目を通すのだが、全国紙を読むのはこの時間だ。

この日の一面トップを飾っているのは、三ヶ月後に迫った東京五輪を控え、日本政府のコロナ対策の杜撰《ずさん》さを告発する記事だった。

赤岩は、五七年前の東京五輪で、聖火ランナーとして仙台市内を駆けた日のことを思い出した。

日本の戦後復興と未来の希望を次世代に託すために、と五輪組織委員会は、国内を巡る聖火リレーのランナーを若者に絞り込んだ。

高校で陸上中距離の有望選手だった赤岩も、指名された。

沿道からの大声援に緊張して、走っている間のことはよく覚えていない。ただ、前走者からトーチを受け取った時の重さだけは、今も覚えている。

聖火リレーランナーの名誉に恥じないように生きよ、と祖父から言われた赤岩は、日本のために自分に何ができるのかを考え続けた。

陸上選手としての成績で、東京の大学に進学し、その後、実業団でも好成績を残したが、二七歳の時に父を失うと、家業を継いだ。

この地に、日本の復興のための発電所を建設したいという提案があった時、これこそが「未来の希望を次世代に託す」仕事だと思った。だから「蔵王復興地熱発電所」の開発を応援しようと決めたのだ。

玄関口に、レインウエア姿の男が訪ねてきた。

蔵王地区の自然保護官《レンジャー》、吉岡辰也《よしおかたつや》だ。

「ああ、吉岡さん、悪いね、雨の日に急に呼び出して」

吉岡は、レインウエアを脱ぐと、スキー客用に設けてある乾燥室に掛けてから、旅館内に入った。

赤岩は、吉岡を食堂に案内すると、内線電話で玉田を呼び出した。

「蔵王復興地熱発電所」の開発再開に向けた準備が始まったものの、たちまち暗礁に乗り上げた。

国定公園を管理するレンジャーによる厳しい行動制限だ。

玉田は、許可を得ていることを説明したのだが、吉岡は一切認めなかった。

環境省や県の命令によって、吉岡立ち会いの下で特別保護地区内に入る、という合意がようやく結ばれたのだが、数歩進むたびに、迂回《うかい》を求められ、「いじめ」としか思えないような指導が続いたという。

日頃はおだやかな玉田でさえ、十日が限界だったらしく、遂《つい》に吉岡とつかみ合いの喧嘩《けんか》になりかけるほど険悪になってしまった。

そこで赤岩が仲裁に乗り出した。一度落ち着いて、当人同士で話をする場を設けようと考えたのだ。

最初は、酒でも酌み交わしてと考えたのだが、吉岡が接待まがいの行為を嫌っていると聞いて、荒天で山に入れそうもない朝に声をかけたのだ。

コーヒーを勧めたのだが、「水筒がありますので」と吉岡に断られた。

「昨日、クマが出たそうだね」

「去年より三日遅いんですけどね。親子一緒で目撃されているので、警戒するように呼びかけています」

「じゃあ、温泉組合の方でも、周知しておきますよ」

そこで、玉田が部屋から降りてきた。

ネクタイこそ締めていないが、アイロンの当たった白いワイシャツにグレーのスラックス姿だった。

玉田は丁寧に挨拶《あいさつ》したが、吉岡は頭を下げただけだ。

「まずは、先日の非礼をお詫《わ》びさせてください。大人げない愚かなことを致しました。申し訳ありませんでした。お許し下さい」

その潔さを見て、赤岩は改めて玉田の人柄に好感を持った。吉岡は、明らかに困惑している。

「こちらこそ、あなたを突き飛ばしてしまったことを、お詫びします」

「よし！　これで蟠《わだかま》りは水に流した。吉岡さん、玉田さんたちの立ち入りは、国家の一大事ということで、穏便に対処してもらえないだろうか」

「おっしゃっている意味が分かりません。私はただ、レンジャーとしての責務を果たしているだけです」

「レンジャーだって、電気がなければ困るだろう。原発や火力に頼らない社会を目指すために、玉田さんたちは、その重大な使命を負っている」

「人間のエゴで、自然の聖域を侵すのを認めるわけにはいきません」

「別に自然を荒そうっていう話ではない。必要最小限の誘導路と熱水の採掘施設を設けるだけだ。環境省の認可も下りているんだよ」

「私の仕事は自然を守ることです。地熱発電所の必要性は理解しているつもりですが、特別保護地区は聖域です。そこは人の手が入ってはならない場所なんです」

堂々巡りで、これでは埒《らち》があかない。赤岩はため息を漏らした。

「自然を破壊してまで、発電所をつくる意味があるのかというご指摘は、重要だと思います。しかし、資源のない日本で、安心して暮らすためには、地熱発電所の開発が必要なんです。吉岡さんは、人間のエゴだとおっしゃる。でも、全ての動物は、種の保存のために命がけで戦うのでは？　人間が生き残るためなら、聖域であっても踏み込みます」

そこで、玉田は手にしていた用紙を広げた。

「もちろん、貴重な自然を侵さないよう、努力は怠りません。ですから、そのためのアドバイスをください。そして、この地図に、吉岡さんが最良だとお考えのルートを引いて欲しい」

玉田が広げたのは、地熱開発予定地の地図だった。吉岡は、それを一瞥《いちべつ》したが、すぐに視線を逸《そ》らした。

「論外です」

「レンジャーにとって論外でも、一人の子どもを持つ親として考えて下さい。もし、それを拒絶されるなら、法的手段を取るしかありません。もしかすると国家から、開発が滞ったことで発生する損害を、請求されるかも知れません」

「脅すんですか」

「違います。現実をお話ししているんです。あなたは、国家公務員なんです。国民のために最善を尽くす義務があります。政府は、この場所で、地熱発電所を新たに開発してよしと決断したのです。ならば、その方針に従って下さい。

どうか、この通りです」

テーブルに両手をついて、玉田は頭を下げた。

3

東北新幹線郡山駅で、御室純平は論文に目を通していた。

地下約五〇〇〇メートルまで掘り進まなければならない超臨界地熱資源開発には、高温高圧にも耐えるビットが必要になる。

そこで純平は、ニーズに応《こた》えられる超合金についての世界中の論文を読みあさっている。

一つの可能性として、加圧水型原子炉《PWR》の蒸気発生器に用いられるニッケル合金に注目していた。この合金は、加圧した三〇〇度以上の非沸騰高温水に耐えられる優れものだ。

これを使えないかと純平は考えたのだ。

再エネセンターの超臨界地熱資源開発研究チーム、通称「チーム・アポロ」の研究者ミーティングでは、費用面がネックとはいえ、試してみる価値はあるという意見が主流だった。

そこで、蒸気発生器を一手に開発している大亜《だいあ》重工の知人に相談を持ちかけてみたのだ。

「チーム・アポロ」では、蒸気発生器の伝熱管の厚さが一・三ミリしかないことが問題視された。薄ければ薄いほど熱伝導率が高いゆえの厚さなのだが、同質の金属で厚みのあるビットが製造できるのかが、一つの疑問だった。

極薄ができるのならそれを厚くするのも容易、とはいかないのが、製造物の難しいところだ。

「お迎え、ありがとうございます」

そう言って、ぽっちゃり体形の男が改札口から出てきた。

「あっ、斎田《さいた》さん！　ようこそ」

「SNSで、超臨界地熱がバズってましたね」

京大研究室では「プーさん」と呼ばれている斎田琢実《たくみ》が嬉《うれ》しそうに言った。

「えっ、そうなの？」

SNSに興味がない純平には、投稿をチェックする習慣はない。斎田が見せてくれたのは、アイスランドの「IDDP－1」の映像だった。

「だけど、この熱水は、酸性が強すぎて、発電所としては不適格だったんだ」

高温高圧という難問に加え、超臨界流体は成分にも課題がある。

現在は、地下約五〇〇〇メートルあたりで溜《た》まっている熱水は、古代にプレートの移動などで海水が地下に取り込まれたものだと考えられている。

つまり、超臨界流体が海水だと生産井《せい》のパイプの内側に塩分が付着して、噴出量を減らす可能性がある。さらに、過去の例を見ると、超臨界流体は、酸性を示す場合が多く、そうなると腐蝕《ふしょく》リスクが出てしまう。

とにかく地球の深部は人類にとってまだまだ未知の世界で、その度合いは宇宙と変わらないのではないかと純平は思っている。

斎田を郡山まで招いたのも、彼の研究が難問を解決してくれると期待してのことだ。

地中深い場所の生産井は、地上では考えられないさまざまな衝撃を受け止めなくてはならない。そのため緩衝材が必要なのだが、従来のコンクリートによる保護は、今のところ失敗の連続で、新たな可能性として斎田の研究に注目した。

斎田は、高分子ポリマー研究の俊英で、ゼリーのような柔軟性がありながら、鋼《はがね》の強さを有する高分子化合物の生成に挑んでいる。すでに世界的メーカーからの注文に応えた製品開発にも成功している。

そこで、純平は京大の研究室に足を運び、全総研としてのオーダーをぶつけた。

――今すぐ、レシピは浮かびませんけど、無理ではないと思いますよ。

斎田を紹介してくれた友人は、彼のことを「成功もしているけど、失敗も多い」と評したが、直接会い、彼の研究を見て、招聘《しょうへい》を決めた。


純平のパジェロに乗り込むと、斎田が超臨界地熱の話を持ち出した。

「御室さんは、例の現場に行ったことあるんですか」

「実は、まだ、ないんです」

「え！　現場も見ないでどうするんですか。行きましょうよ」

既にプロジェクトが立ち上がってから三年が経過しているのだが、ギリギリの予算でやりくりしているため、海外出張は難しい。

「お恥ずかしい話ですけど、予算的な問題かな」

「アイスランドって、遠いですもんねえ。直行便もなさそうやし。けど、行かないと話にならんでしょ」

そんなことは言われなくても分かっている。

「すんません、来て早々、勝手なこと言って。でも、日本の研究って、めっちゃドメスティックなのが、僕は我慢ならへんのですよ。高分子ポリマー分野は、日々、新しい発明品が出来るんですけどね、論文で理屈は分かるけれど、やっぱり現場を見んことには、凄い発明が実現した理由って分からんもんでしょ。だから僕は、ばんばん行くんです。実際、アイスランドってなかなか頑張ってますやん。国家全体の電力供給を水力と地熱でまかなえているって凄いことですよ。

レイキャビク大学にエネルギー研究所ってのがあって、そこが地熱研究をしているみたいなんですが、何かツテはないんですか？」

「論文を通じての知り合いはいるけど、親しいわけじゃなくて」

「そんな勿体《もったい》ない。絶対連携すべきですよ。そもそも、日本って地熱のリーダー的存在なんでしょ」

そういう時代もあった。だが、今や発電容量でもトップ5から脱落する体たらくで、大学で地熱教室があるのは、九州大学だけだ。

「御室さん、超臨界地熱資源開発で、王座奪還しましょうよ。そのためには、世界中の地熱と地質、さらには掘削関係の工学の専門家を大集結させるんです」

外国人の研究者を集めようという声は、過去に何度か上がった。

実際にリクルート活動を試みたこともある。しかし、結果的に外国人を受け入れる環境が整えられなかった。

「それって、お金の問題ですか」

「まあね」

「『地熱王子』、補正予算で地熱シフトするって言ってますけど、どうなんですか」

「従来型の地熱開発の推進に大半が使われるみたいだね。いくらかは、回ってくると思うけど」

「もっとガツガツ行きましょう！　『地熱王子』だって、時々、超臨界地熱資源開発についてもＳＮＳで発信してるんですから、乗っからないと」

斎田は、僕らを変えるかもしれない。パジェロのハンドルを握りしめながら、純平は思った。

4

晴天に恵まれた勾当台の野外音楽堂には、一〇〇〇人を超える観客が詰めかけた。収容人数をはるかに超える観客が、入場できなかった観客が、音楽堂の周囲を取り巻いている。

リハーサルの時から音楽堂に到着していた実香は、その人数の多さに驚いた。地味な地熱発電の啓発運動な上に、大観衆を呼べるほどの出演者はいない。

実香は、客席を回ってコメントを取った。

「環境問題とかに興味があったんです。最近、エコ系のオンライン・ニュースで、地熱は、再生可能エネルギーとして素晴らしいのに、利権とかで妨害されて、なかなか広まらないというのを知りました。

それで、今日のイベントに参加してみる気になって」

二〇代のカップルが言うエコ系のオンライン・ニュース「セイブ・グローブ」を、実香は知らなかった。

最近は、アウトプットが多すぎて、情報収集が足りないな、と反省しつつ、グループで来ていた女子高生に話を聞いた。

「秋吉麻友さんって、凄くないですか。だって、情熱だけで、あの熊本恵輔を動かしたんですよ。高校の後輩として、誇らしいです」

地熱についての興味を聞くと、「全然知りませんでした。だから、今、一所懸命、友達に拡散してます」と言って、自分でつくったというＬＩＮＥのコミュニティを見せてくれた。

友人の一人は、夏凜のファンなんだという。

「カッコいいじゃないですか。それに、夏凜さんは、難しい話をしません。エネルギーのことも、親近感を感じさせるんです」

麻友が中心になって、世界の脱炭素《カーボンニュートラル》社会実現を目指す十代が繋《つな》がっているというのも、彼女らには「カッコいい」ことらしい。

そして、やはり彼女らも「セイブ・グローブ」をよく読むそうだ。そのサイトには、十代でも分かる環境問題ニュースなるものがあり、それが無料メルマガとして配信されてくるらしい。

そこでは、時に女子高生に人気のＹｏｕＴｕｂｅｒが地熱トークをしたり、電力については、人気の予備校講師がレクチャーしてくれるらしい。

実香は、さらに同じような世代の子たちに話を聞いたが、ほとんどは、「セイブ・グローブ」の愛読者だった。

なんだか、薄気味悪いな。

これだけ多くの人が知っているサイトを、私が知らないなんてことが、あるのだろうか。

まもなくイベントが始まると、アナウンスが流れたので、実香は取材を切り上げた。

「いつから、地熱って、こんなメジャーになったの？」

プレス席に戻ると、全国紙の女性記者が、実香に囁《ささや》いた。

「私もそれが知りたくて、色々ヒアリングしたんだけど、さっぱり」

『地熱王子』人気かしら」

「どうかな。彼のターゲットは、ここに集まっている人たちとは、違う中年層だからなあ。それより、『セイブ・グローブ』ってオンラインニュース・サイト知ってる？」

「初めて聞くけど」

この会場で捕まえた子どもたちのほとんどが、ヘビーユーザーであることは伏せて、観客の一人が、それで地熱に興味を持ったらしいとだけ伝えた。記者は早速、検索をしている。

「グーグルでヒットしないけど。……海外のサイトも、ないなあ」

世界最強の検索エンジンに引っ掛からないオンライン・ニュースってなんだ。

実香は自分のスマホで、先程聞いたＵＲＬを打ち込んで、「セイブ・グローブ」にアクセスした。

しっかりとしたニュースサイトに見えるのに、グーグルでは、ヒットしないって。

ステージ上ではスクリーンに、カウントダウンを示す数字が映し出されている。残り十秒で、客席から声が上がる。

「五、四、三、二、一、……〇！」

スクリーンに、真っ青な空を描いたアニメーションが始まった。それが、やがて眼下の深緑の森を映し出す。

熊本恵輔の「地熱があるじゃないか」のアニメーションだ。

歓声と拍手が巻き起こったのに驚いた。

わずか五分間の映像だし、そもそも再生回数は五〇〇万回を超えている。ここにいる観客なら、とっくに見慣れているはずなのに、何度観ても、胸に迫る映像だった。

それが、終わろうとするタイミングで、激しいドラムスが打ち鳴らされた。そこに、ハスキーで高音の声が響き渡った。

黒と赤のコスチュームを纏《まと》った地熱アイドル〝スーパー・モー〟の登場だ。

会場はさらに熱を帯び、それに応えるように夏凜のボーカルが、ボルテージを上げた。

＊

「うおお、めっちゃ、カッコ可愛いやんか！」

斎田が大喜びで、スマホで動画を撮っている。その隣で純平は、地熱アイドルに熱狂する観客に驚いていた。

これがデビューライブのはずだが、近くの女子高生たちは、一緒に歌い踊っている。純平には、ステージの上で躍動する四人組の女の子が、これほどの人気を集めるのが解せなかった。

そもそも彼女らのどこが、「地熱アイドル」なんだ。

そう思っていると、サビの部分で、〝マグマのような熱をくれ。地熱のような力をちょうだい〟というフレーズが出てきた。

曲が終わると、斎田は指笛を吹いてエールを送っている。

どうやら冷めて見ている自分が、レアのようだ。

まあ、いいか。少しでも地熱の素晴らしさを知ってもらえるのであれば、何でもいいや。

ボーカルの女の子が、来場者に挨拶をし、「もうずっと今日という日を待っていました。私たち、〝スーパー・モー〟は、今日、この勾当台の野音から羽ばたきます。

みんな、地熱があるじゃないか！」

そう言って彼女が右拳を突き上げると、観客が一斉に応じた。まるで地鳴りだ。

「地熱があるじゃないか！」

コール＆レスポンスが終わると、舞台に二人の男性が登場した。

「地熱王子」の仁科良一エネルギー問題担当大臣と、アニメ作家の熊本恵輔だった。

「熊本さん、僕、何度観ても、泣くんです、あのアニメ。本当に素晴らしい作品をありがとうございました」

仁科が言うと、観客も拍手で、同意を示した。

「いえいえ、私はもっと早く地熱の素晴らしさを知るべきでした。仁科さんが御礼を仰《おっしゃ》るなら、ぜひ、彼女に言ってあげて下さい」

そこで、秋吉麻友が紹介された。

麻友とは面識がある。

麻友は、すっかり緊張している。その素人くささが、また、好感度を上げるらしい。

「あの子と、〝スーパー・モー〟の夏凜ちゃんって、中学校時代の親友なんやって」

「斎田さん、なんでそんな情報を知ってるんですか」

「かわいい子の情報収集は、趣味ですねん。

麻友ちゃん、頑張れえ！」

斎田には、麻友から直接聞いた、「部活で同じだっただけで、親友というのは、ちょっと」という話は伏せておこう。

オープニングの賑わいが少し落ち着いて、仁科や熊本、さらには麻友が、地熱についての現状報告を始めた。時々、仕組みを説明する動画が流れたりもした。

そして、超臨界地熱資源開発についても解説された。

次いで、オンラインで郡山の全総研とを結び、信田が登場した。

「そして、今日は、特別ゲストとも繫がってるんですよ」

仁科がそう言うと、アイスランドの地熱のゆるキャラ「ラグーンちゃん」とアイスランドから世界に地熱の素晴らしさを発信しているゼルダ・アルナドッティルがスクリーンに映し出された。

ゼルダと麻友は、既に「親友」として、日頃から熱い様々な意見交換をしているそうだ。英語で麻友がゼルダと話していると、純平の隣の女の子は、「めっちゃ、かっこいいね。憧《あこが》れる」と感激している。

二人のトークが一〇分ぐらい続いた後、仁科が参戦した。

〝今、日本とアイスランドとが、共同で超臨界地熱資源開発を奨めようという交渉が始まっています〟

うそだろ、そんな話、初めて聞く。

だが、画面に映っている信田は、微笑みながら頷いていた。

＊

プログラムが全て終了しても、アンコールが鳴り止まず、〝スーパー・モー〟が二度も演奏をした。

打ち上げ会場に向かう公用車内で、仁科は、今日の動員数、約二三〇〇人とオンライン中継にアクセスした人が三〇万人を超えたという報告を「京大データ分析」の代表から受けた。

今回の動員は、彼女らが独自で作成したオリジナル・ニュースサイト「セイブ・グローブ」の読者が大半だったそうだ。

「セイブ・グローブ」は、同社が選定した「環境問題に意識高い系」など、地熱の素晴らしさと、地熱への妨害に興味を持つと考えられる人にだけ、送信される。

しかも、グーグルなど既存の検索エンジンには引っ掛からないため、メディアなどには、存在を知られていない。

お陰で「フェイクニュースを含む偏った情報サイト」という非難を浴びずに済んでいる。

〝次回は、ぜひ都内でのイベント開催を期待しております〟と報告書は結ばれていた。

じっくりと時間をかけて仕込んできたプランが、ようやく動き始めた。この調子で、世論を味方にして地熱をブレイクさせる――。

革命の日は、近い！

仁科は、一人盛り上がって、陶酔していた。

5

二〇二一年四月二七日――。

米中が、急に超臨界地熱資源開発に力を入れ始めたという情報の評価に伊豆は頭を悩ませていた。

「ちょっと、よろしいでしょうか」

私設秘書の日吉逸夫が、声をかけてきた。浮かない顔をしている。日吉は、議員や秘書が購読している情報誌「永田ジャーナル」の副編集長をかつて務めた男で、つきあいは二〇年以上にもなる。

いつもは開放している部屋のドアを、日吉はきっちりと閉めて、伊豆のデスクに近づいた。

「来週発売の『月刊文潮』にこんな記事が出るようです」

手渡された紙には「恩讐《おんしゆう》の彼方《かなた》に――最後の妖怪《ようかい》・安藤大志郎研究」とあった。

記事は、一五ページにも及ぶ長文だった。

〝昭和の政界に跋扈《ばつこ》した、陰の実力者やフィクサーなどと呼ばれる〝妖怪〟はもはや絶滅したはずだった。だが、ただ一人、生き残った者がいる。今なお権力を保持し、先の内閣改造にも横槍《よこやり》を入れてきた『最後の妖怪』、安藤大志郎、九二歳――〟。

その一文を読むだけで、伊豆は貧血を起こしそうだった。

遂にこの日が来たか……。

清濁併せ呑《の》むのが、国士たる真の政治家――などという言葉が、当たり前の時代があった。その申し子である党人派政治家の安藤が、過去に司直の手に掛からなかったのを、伊豆は「奇跡」だと思っていた。

「寛永通宝《かんえいつうほう》」の材料となった錫《すず》の産地、尾平《おびら》鉱山の鉱山労働者を父に持ち、自らも山に入った経験を持つ安藤は、まさに立志伝中の政治家と言えた。

民自党の大物政治家の下を渡り歩き、トラブルを嗅《か》ぎつけ叩《たた》き潰《つぶ》す能力を遺憾なく発揮し、永田町という伏魔殿で水を得た魚のように泳ぎ回った。

高等小学校卒という学歴から、総理や重要閣僚の地位に就くことは叶《かな》わなかったものの、エネルギー安全保障という、国会議員にとっての重要課題の解決に腐心し、エネルギー族のドンとして、党内での力を拡大していった。やがて、キングメーカーとして、常に組閣人事のご意見番となるに至るのだが、その過程では、自らの手を汚し、死者を出すような解決法に関与してきた。

東京地検特捜部などの捜査機関に、何度となくマークされ、メディアに「疑惑の人」「闇将軍」とレッテルを貼られ、叩かれた回数も歴代トップだった。

それでも、安藤は逃げきった。

なのに、九二歳のこの期に及んで、こんな記事が出るとは……。

記事では、先の内閣改造で、安藤の恫喝《どうかつ》に屈した坂部総理が、江口久美子経産相を切り捨て、代わりに尾上正春を据え、エネルギー問題担当大臣に地熱推進派の仁科良一を強引に押し込んだ様子が、克明に描かれていた。

さらに、坂部総理が屈したのは、自分と江口の「ただならぬ仲」を追及されたからだ、という未《いま》だ暴露していないネタまで書かれていた。

〝この背景にあるのは、大志郎の孫が会長を務める地熱開発会社の経営危機だった。地熱が日本を救うなどといかにも正当性があるような欺瞞《ぎまん》をまき散らし、私利私欲のために、内閣まで恣《ほしいまま》に差配する。

これぞ、実に六〇年近くにわたり、永田町の最高実力者として君臨してきた安藤の常套《じょうとう》手段だった〟

「この記事、総理はご存じか?」

「まだかと思います」

雑誌が発売されたら、総理の命運は尽きる。

「握りつぶせないだろうか」

「相手は『月刊文潮』ですよ。そんなことをしたら、今度は、伊豆さんの隠蔽工作が記事になります」

「月刊文潮」の編集長は古くからの知人だが、彼に頼んだとしても、確かに逆効果にしかならない。

「この記事の筆者だが」

小野篁《おののたかむら》とある。そんな名のジャーナリストなど聞いたことがない。

「ペンネームでしょうが、平安時代に、閻魔《えんま》大王に仕えた反骨精神豊かな公卿《くぎょう》の名ですね」

昼間は平安宮に参内する篁は、夜になると六道珍皇寺《ろくどうちんのうじ》の井戸を抜けて、冥府《めいふ》の閻魔大王のもとへはせ参じたという伝説は、伊豆も知っている。

「ふざけた奴だ。しかし、これは、よほど永田町に確たる情報源を持っていなければ、書けないぞ」

坂部総理と江口前経産相との関係は、限られた人物の間でしか知られていないはずだ。さらに、安藤が過去に葬ってきた政治家や官僚の名と顚末《てんまつ》が、本文で克明に記されている。

「編集長の下に、郵便で原稿が送られてきたそうで、小野篁の名刺が同封されていただけで、本人に会った編集者はいないそうです」

そんな怪しげな相手の原稿は、普通は掲載しないが、これだけの内容となると、さすがに話は別だろう。

「今から、大磯に行ってくる。君は、この記事をコピーして下畑《しもはた》さんに届けてくれ」

坂部を長年支えてきた政務秘書官の下畑には、一刻も早く、危機を伝えるのが礼儀だった。

6

秋田新幹線雫石駅に到着した仁科は、駅前広場で、記者団の取材に応じた。

記者団の向こうの青空に岩手山《いわてさん》の峰が見える。

「大臣、本日は、葛根田地熱発電所を見学のご予定だそうですが」

東京から同行している「仙台日報」の記者が尋ねた。

「今日、SNSでアイスランドの超臨界地熱資源開発の動画が、トレンドワード入りしたでしょ。でもね、日本でも、一九九五年に超臨界地熱発電の可能性が確認されていたんですよ。その栄えある場所こそ、葛根田なんです」

「葛根田地熱発電所には、そんな深い生産井があるんですか」

「生産井ではないんですけれどね。当時、従来の倍の深さまで掘り進む実験をしたそうなんですよね。その時に、約五〇〇度の高温の岩にぶつかったんだけど、流体がなかったので、大発見とはならなかったんですよね、信田さん」

仁科は、寄り添うように立っている「地熱アポロ計画」プロジェクト・マネージャーの信田を、記者に紹介した。

「おっしゃるとおりですが、その後の調査で、掘削したすぐ近くに充分な量の流体の存在が推定されていますので、再チャレンジすれば、成功の可能性は高いですね。それに、最新の技術を導入すれば、地熱発電所として稼働できるんですよ」

「海外とはいえ、地熱関連の映像がトレンド入りした時に、大臣が葛根田にいらっしゃるというのは、さすが持ってらっしゃいますね」

「強運だけが、私の取り柄ですからね。さっそく、その試掘現場に参りましょう」

仁科は映像ジャーナリストが構えるカメラに向かって告げた。


仁科とメディアを乗せた三台の車は、雫石駅から県道二一二号線を北上して、雫石川の支流である葛根田川沿いを走った。

大臣に就任してすぐ、仁科は葛根田の超臨界地熱資源試掘現場を視察したいとエネ庁の遠野に訴えたが、雪が溶けるまでは無理と返された。

そして、四月に入ってようやく、「何とかご案内ができるようになった」という連絡が東北電力から来て、視察が実現した。

7

公用車で安藤邸に向かう伊豆に、総理秘書官の下畑から電話が入った。

〝伊豆さん、この記事を、どう捉《とら》えたらいいんだろうか〟

電話の向こうから悲愴《ひそう》感が漂ってくる。

「潔く退陣されるのが、賢明だとしか申し上げられません」

〝事実誤認で突っぱねたいのですが？〟

それは、総理の気質次第だろう。周囲の評判を気にし、人に好かれるために腐心するようなタイプでは、切り抜けられない。それは、下畑自身が、一番よく知っているはずだ。

〝安藤先生に、この記事はデマだと、一喝していただけたら、窮地から逃れられるように思うんですが〟

弱腰と揶揄《やゆ》されようとも、坂部は現職の内閣総理大臣なのだ。「日本で一番えらい」はずの人を救えるのは、本人以外にはあるまい。

「安藤先生なら、身から出た錆《さび》は自ら振り払えよ、とおっしゃるかと」

安藤は、この程度の醜聞では動じないだろう。

彼には、もはや失うものはない。しかも、安藤には、一点の疚《やま》しさもない。彼は常に確信犯として行動する。だから生き抜いてこられたのかも知れない。

＊

「坂部が辞めたら、誰が得するのか」

記事のコピーを読み終えた安藤の最初の言葉が、伊豆を驚かせた。

「副総裁の入江《いりえ》さんか最大派閥の領袖《りょうしゅう》、乙坂《おとさか》さんあたりでしょうか」

「違うな。毛利《もうり》だよ」

乙坂派の若手の毛利輝征《てるゆき》は、弱冠四二歳だった。

「若過ぎませんか。そもそも彼は、経産相に一度抜擢《ばってき》されただけで、党の要職に就いたこともありません」

「あの男の後ろには、原発村が付いている」

多数の原発を抱える福井県からの選出で、初出馬の時には、「日本の経済復興のためには、原発推進あるのみ」と宣言し、圧勝した。

二世議員ではないが、地元の山林王の御曹司でカネにも困っていない。

「それで、この記事の発信源が、その辺りからだとお考えなんでしょうか」

「仕掛け人は、平数盛だよ」

まさか。

平が地熱推進への協力を誓っているのは、安藤にも伝えてある。

「先生、平さんは、原発を見限っていますよ」

「知恵伊豆ともあろう者が、まんまとあの古狸に騙されよって。あれは、敵陣に潜り込むためのポーズだ」

――経団連は、生まれ変わらなければなりません。もはや、会長が『財界総理』などと言われたのは、昔の話です。そのためには、老害をまき散らすご老体には、皆引退してもらう必要がある。

――私としては、財界内の心ある者を集めて、地熱推進を後押ししたい。

以前、平との密談で、彼はきっぱりと断言したし、「地熱推進五人会」の一人だというのに……。

「君から、『五人会』の話を聞いた時に、何となく平の行動に違和感を覚えたんだよ。そういう集まりに顔を出す男ではないんでね。それで、ちょっと探りを入れてみたんだ」

するとと面白いことが分かったのだという。

「平の黒幕は、赤間佐武朗《さぶろう》だ」

日本が誇る自動車メーカー創業者一族の赤間佐武朗は、見た目のノーブルさと相反して、大胆な行動に出るリーダーである。

「製造業を支えるのは、潤沢な電力供給力だ。AI時代の到来には、スーパーコンピューターの増産が必須《ひっす》だ。そして、スパコンはバカみたいに電力を食う。なのにカーボンニュートラル対策として再生可能エネルギーで対応するなんぞ、児戯に等しい。

だからといってノスタルジックな原発信仰など、世間は認めない。

そこで、財界新人類を束ね、それに毛利君ら政界のホープたちをマッチングさせようと、赤間は画策している」

伊豆にはまだ信じがたかった。

「財界新人類とおっしゃいますが、あんなものは、メディアが勝手にネーミングしているだけで、大した影響力はないでしょう」

「君が知っているのとは、別の顔ぶれがいるんだよ」

安藤が、数人の名を口にした。確かに、日頃、メディアに持ち上げられている連中とは違った。

「赤間は、次代を担う実力者を養成する経営塾を開いているんだよ。彼らは、そこのメンバーだ」

「毛利先生以外の原発推進者とは、どなたですか」

また、安藤は数人の名を挙げた。

いずれも、当選三回までの若手で、半数が女性議員だった。

「それらの先生方が、原発に言及した記憶がないのですが」

「声高に推進と叫ぶ必要はないだろう。たとえば、志村馨《しむらかおる》君は、アカマ自動車の本社がある山口三区選出だ。また、片岡翔平《かたおかしょうへい》君は、スパコンメーカー出身だ。そういう連中は、原発推進派なんだよ」

「改めてお尋ねしますが、この記事を書かせたのは、平さんだと?」

「間違いなくね。彼なら私のやってきたことは全て承知している。それに、坂部と江口の関係ぐらい、彼なら摑《つか》める」

その点には、異論はない。

「だとしても、毛利先生を総理の座に据えるのは、難しいのでは?」

「坂部の辞任の後、すぐに総裁選を行って、次の首相を決めるというのは、政治的空白を生む。それを防ぐため、政界のご意見番の裁定で、次が決まる場合が一般的だぞ」

実際、安藤はそういう裁定を、何度も操ってきた。

「こんな記事が出た以上、私は身動きが取れない。誰が取り仕切ると思う?」

総理経験者が仕切る場合が多い。伊豆は、歴代首相の顔を思い浮かべた。

「まさか、石動《いするぎ》先生ですか」

既に国会議員を引退しているが、石動利道《としみち》は、今なお国民に高い人気を誇っている。

「奴は、バリバリの原発推進派だ。そして、奴と赤間は、慶應《けいおう》の同級生なんだ」

副総裁の入江や最大派閥の領袖の乙坂でさえ、石動には頭が上がらない。

「私は毛利首相が堅い気がするな。そうなれば、地熱プロジェクトは悉《ことごと》く潰されるぞ」

確かに、ここで原発復活、推進となれば、地熱なんてひとたまりもない。

「そうさせないために、知恵を絞ります」

「私は早急に、石動君に会う。そして、今後一切の政治的な関与をしない代わりに、現閣僚は全て留任させてほしいと懇願する」

そんなことを石動が了承するだろうか。

「私は、平さんに会ってきます」

「それがよかろう。但《ただ》し、奴と敵対しないようにな。敵対からは、何も生まれない」

次々と敵を駆逐してきた安藤の言葉とは思えなかったが、平の腹の内を探り、少しでも地熱に光を与えるためには、彼を懐柔するしかない。

8

これが、次代エネルギーの発祥の地なのか。

葛根田の超臨界地熱資源開発の試掘現場を前に、仁科は立ち尽くしてしまった。

余りにもみすぼらしかった。

地面の上に五〇センチ四方の立方体のコンクリートがあるだけだ。

訪問前に現場写真も見ていたし、状況も把握していたものの、実際に現場に立つと、ここがいかに蔑《ないがし》ろにされているかを痛感してしまった。

「皆さん、この場所を聖地にしましょう。ここから地熱大国ニッポンが始まります」

期待外れと感じていた記者たちが、慌ててカメラを構える。

次に、記者団と並んで記念写真も撮った。

「こんなところまで足を運んで下さった記者の皆さんに、ささやかな御礼を兼ねて、情報を提供したいと思います。現在、我が国では、超臨界地熱資源開発のモデル地区として全国四カ所を指定しています。葛根田もその一つなのですが、今年度後半に、もう一カ所、新たに開発地区を設定します」

これは、経産大臣案件であり、尾上大臣が発表すべきものだった。本来であれば、一昨日に行われるはずだった発表が、急遽《きゅうきょ》延期になった。発表資料に不備があったからだとのことだが、新規プロジェクトでも責任者を務める信田に尋ねると、そんな事実はないと明言された。

確認したところ、「大臣の独断で、発表当日になって延期を申し渡された」ことが判明した。その後、尾上に何度も連絡を試みているのだが、全く応答がない。どうやら「伊豆補佐官から待ったがかかった」という情報が、複数の筋から入った。

伊豆とも、連絡が取れない。

そこで、仁科は信田と相談し、葛根田で発表してしまおうと決めたのだ。

「新規の開発地区は青葉山《あおばやま》です」

これまでの常識を破って、政令指定都市のまん中で、発電所を作ろうというのだから、記者たちが一様に驚いている。

「青葉山って、火山なんですか」

「超臨界地熱資源開発の大きな特徴は、火山の麓《ふもと》でなくても開発が可能な点です。すなわち、地下五〇〇〇メートルぐらいの場所までマグマが隆起している場所であればいい。青葉山小丘は、その可能性が高い。それを証明するために、追加指定します」

＊

「実は、東北大のお膝元《ひざもと》で、超臨界地熱資源の開発が行われるんだよ」

丸《まる》の内《うち》ビルの日本料理店で、実香とランチを摂っている時に、ブラナーがいきなりとんでもないことを言い出した。

「え？　そんな街中に熱源があるんですか」

「超臨界地熱なら、火山が近くになくても開発できるって、信田サンが言ってただろ」

古代にカルデラ湖があったような場所、あるいは花崗《かこう》岩の地層が地表近くまで迫っているような場所であれば、都市部でも、約五〇〇〇メートル掘れば、超臨界地熱層に突き当たる可能性が高い――。

確かに、全総研の信田はそう教えてくれた。

「東北大の近くに、そういう場所があると言うんだよ。今日、『地熱王子』は、葛根田の試掘場所で、それを発表するんだよ」

今朝、ＳＮＳで超臨界地熱資源開発がバズったのも、この発表のイントロだったという。

「それでイアンは、何をするおつもりですか」

「それは、見てのお楽しみ。食事を終えたら、私に付き合ってくださいね」

勿論《もちろん》そのつもりだった。


食事中もタクシーでの移動中もブラナーは上機嫌だった。

「イアンは、超臨界地熱資源開発について、どの程度ご存じなんですか」

「詳しくは知らないけれど、実現できたら、原発並みの出力が可能らしいよ」

だから、アメリカや中国が、莫大《ばくだい》な金額をつぎ込むわけだ。

「聞くと凄いってなりますが、これまでのパターンを考えると結局、夢は夢で終わるのでは？」

「そんな悲観的では、困るな。日本の地熱発電所が広がらないのは、原発があったからだけではなく、供給過剰だったからだろ」

東日本大震災以降、大半の原発が停止していても、電力不足にならない。つまり、日本には発電所が多すぎるのだ。

「ですが、脱炭素社会の実現を目指すために、火力を止めよと言われている現在でも、誰も地熱に見向きもしないじゃないですか」

「最大の原因は、日本が金持ちだからだろうね。

資源がなければ買えばいい、という安易な発想があるからでしょ。しかも、値上がりしても気にしない。国民は、不満は口にするけど、何も行動しない」

そうだ。日本の政治家にも国民にも危機感がないのだ。

エネルギーはもちろん、防衛、災害、食糧、公衆衛生……いかなる事態が起ころうとも、何とかなると楽観している。

我々、メディアはそういうことを伝えなければならないのに。

官邸に到着すると、ブラナーは一人で、総理執務室に向かった。実香は、官邸記者クラブで待機し、彼からの連絡を待つことにした。

三〇分ほどして、ブラナーからLINEのメッセージが来た。

〝ちょっとありえない事態が起きた。今から一階に下りる!〟

9

玉田は、またあの「地熱アニメ」を観ていた。

〝電気が人の暮らしを支える――〟というナレーションに合わせて、熱水が上昇する映像が流れる。

〝地表から約二五〇〇メートルの地下深くに、私たちの暮らしを豊かにする宝物がある〟

地球上のあらゆる場所で生き物が生息する場面が次々と現れる。

熱水が生産井《せい》から噴き上がり、タービンを回す。

〝地球からの贈り物

熱水をエネルギーに
日本には地熱発電がある〟

このアニメーションは実によくできている。

蔵王での開発が再開されて二週間余り、雪が残る蔵王では、道の雪かきをし、現場監督、作業主任の三人で、事務所再開のための用品を運び込む作業を続けていた。

ちょうどアニメが終わった時にスマホが鳴った。

発信元は、非通知だった。

見当が付かず電話に出た。

〝ご無沙汰《ぶさた》しています、玉田さん。すみません！　田端です〟

なんだって！

「今、どこにいる？」

〝……ベトナムです〟

「なんだと！　おまえ、自分が何をしたか分かっているのか！」

〝本当にすみません。なんとお詫びをすれば良いのか〟

「詫びて済む話か！」

田端が泣き出した。それを聞いて、玉田は呆《あき》れてしまった。

「今すぐ、戻ってこい。そして、会長に詫びるんだ」

いや、詫びて済む話じゃない、とは思う。

「田端、泣くな。聞いてるのか！」

〝はい、今週中に帰国します〟

「だったら仙台空港近くでホテルを取れ。そこに私が行く」

10

さすがの伊豆も苛立《いらだ》っていた。平がなかなか捕まらないのだ。

無視されているのか、それともただ、電話に出られない状況なのかは分からない。

政務秘書官の下畑から何度も電話が入る。

総理がパニックになり、収拾がつかなくなっているらしい。だが、伊豆に言えるのは「江口との関係は否定して、総理続投を表明するか、潔く退陣するかの二択」という正論しかなかった。

下畑は、弱腰の坂部を見切るかも知れない。だとすれば、大志郎の予想が的中するのか。

＊

官邸ロビーに現れたブラナーは、待ち構えていた記者団を無視して、通用口から外に出た。

実香は慌てて彼を追いかけた。

溜池山王《ためいけさんのう》方面に至る坂道を、ブラナーは大股《おおまた》で歩いている。

「何があったんですか」

声を掛けたが、応答はない。

しばらく歩いた後、不意に立ち止まると、ブラナーはタクシーを停めた。

「ここでは話せないから」

タクシーに乗り込むと、ブラナーは赤坂の地名を告げた。

車が停まったのは、雑居ビルが並ぶ路地だった。そのまま二人は、〝ＩＢ〟という標札のある雑居ビルの一室に入った。

「あっ、先生！　お疲れ様です」

入口に近いデスクにいた秘書の原が言った。

コートを原に預けると、ブラナーはため息をついてソファに腰を下ろした。

「どうやら、坂部総理は辞職するようです」

「えっ⁉」

「詳しくは分からないんだが、総理にお会いしたいと、秘書官にお願いすると、別室に呼ばれたんだ」

そこには、入江副総裁が待っていたのだという。

「総理は、体調不良でまもなく辞職されます。ついては、当分の間、官邸への出入りを控えてほしい、と言われたんだ」

「ちょっと待ってください。総理が辞めるなんて情報、一切出ていないですよ」

「まだ極秘だよ。そして、内閣参与を辞任しろと言い出す始末さ」

「入江副総裁が、次に総理になるってことですか」

「それは分からないと煙に巻かれた。とても嫌な予感がしたんで、次の総理も、しっかり地熱発電を推進してくれるんですね、と念を押したよ。そうしたら、現在も地熱を推進しているわけではない、と返ってきた」

実香が、政治部記者に聞いてみると言うと、「いや、まだ控えて。くれぐれも正式な発表があるまでは、口外してはいけないと釘《くぎ》を刺された」

そんな、深刻な事態なの？

ブラナーには申し訳ないが、総理辞職の情報は、このままにはしていられない。

実香は、席をはずすと報道部長の権田に電話を入れた。

11

赤間佐武朗は伊豆に会うと言った。

但し、お茶の水《ちゃみず》にあるアカマ自動車東京支社ではなく、日本橋《にほんばし》にあるアカマサロンで会うと言う。

サロンは、アカマ自動車の子会社である未来総研が運営している。政官財の俊英の交流の場所として利用されており、伊豆は何度か講演者として呼ばれていた。

赤間は、最上階の特別室で待っていた。

黒のスリーピースに慶應義塾のレジメンタルタイを締め、上着のポケットからは、深紅のポケットチーフが覗《のぞ》いている。到底八〇代には見えない。

「予想より早かったな。安藤先生のご慧眼《けいがん》か」

赤間は、開口一番、自らの立ち位置を明確にした。もはや、坂部退陣は、誰にも覆せないという自信の為《な》せる業なのだろう。

「迂闊《うかつ》でした。私はまったく気づいておりませんでした。あの時、気づくべきだったのに……」

「あの時とは？」

「私が、経団連会館に呼ばれた時です。あれは、財界の長老の皆さんのガス抜きのために、平さんが考案したのだと思い込んでいました」

「君ともあろう人が、油断したのですか。珍しい」

「しかし、赤間さん、このクーデターまがいの政変は、日本を危うく致します」

「坂部君が総理の座に居座るほどに高まる危機よりはマシだよ。一刻も早く追い出すべきだ」

「それほどまでの強い嫌悪感を……」

「排気ガス税の制定なんて言い出すからだよ」

第一次坂部内閣を組閣した時、坂部は脱炭素社会を目指すために、ガソリン車の保有者に一律数万円規模の新税を課すとぶち上げた。

江口前経産相の提案を受け入れたもので、自動車業界のみならず、財界が猛烈に反対した。

「あれは、内閣改造時に凍結と決まったはずです」

「凍結ということは、解凍される可能性もあるわけだ。いいかね、そもそも坂部君を総理にしたのは、我々財界だよ。その恩を仇《あだ》で返すような男は許さない」

「だとしても、タイミングが悪すぎます。改造したばかりの内閣を潰したりしては、民自党の信用問題になります」

「それは、新総理次第だな」

「毛利先生に、そんな力があるでしょうか」

「ある。それは、私が太鼓判を押すし、彼を支える若手の政治家は、いずれも志が高く、責任感が強い。何より、行動力がある」

やけに肩入れしているな。だが、経験の浅い若い政治家には、実績がない。たとえ、期待の星であっても、一挙手一投足が厳しい批判の目に晒《さら》される。

いったい、どうやって毛利輝征が、赤間に取り入ったのかは分からないが、毛利は総理の器はない。

「毛利先生が総理の座に就かれたなら、原発推進に一気に舵《かじ》を切ることになるのでしょう。しかし、赤間会長、そんな簡単に原発の新規開発は行えません。現在のエネルギー事情の中で、最も有力なベースロード電源が地熱発電であるのは、紛れもない事実です」

「日本最大と謳《うた》ったところで、所詮《しょせん》は、一一万キロワットだ。原発の代わりになんてなれるわけがない」

「会長、物事には順序がございます。毛利先生が総理の座に就かれたとして、原発推進に邁進《まいしん》されるのであれば、まずは、再稼働問題を解決なさることです」

「彼は勇気を持って再稼働を進めるよ」

「甘いですね。再稼働は、国会議員の力だけでは、到底実現しませんよ。地元、電力会社、そしてエネ庁の三位一体が絶対条件です」

「毛利君は、経産大臣経験者なんだ、そこはしっかりと連携するよ」

「震災以降、原発稼働の三位一体の連携は、事実上立ち往生した状態です。したがって、若い世代で、この問題を解決できる者はおりません。ましてや、毛利先生は、経産省内での評判もよろしくありません」

「では、君がサポートすればいいじゃないか」

「条件がございます。『蔵王復興地熱発電所』をはじめとする国立、国定公園内での新規開発を行う五カ所については、従前のまま、全面的に国が支援していただきたい」

「まだ、地熱にこだわるのかね？」

「リスクヘッジです。可能性のある発電法を幅広く開発する。それが、資源を有さない日本の生きる道です」

12

その日の午後八時、内閣総理大臣・坂部守和は、緊急記者会見を開き「健康上の理由で、今月いっぱいで総理の職を辞す」と発表した。

会見中、坂部は一度も顔を上げず、質問は一切受け付けず、プレスルームを去った。

代わりに演台に上がった官房長官の平山は、「次期総理就任まで、内閣法第九条に則《のっと》り、あらかじめ指定された国務大臣である経済再生担当大臣の入江司朗《しろう》が、『内閣総理大臣臨時代理』

を務めます」と告げた。

伊豆はため息まじりで、この会見をモニター室から見ていた。

最悪だが、次善策としてはこれしかない。だが、嵐はこれからだ。

部屋に戻ると、来客がいた。入江その人だ。

「やあ、勝手にお邪魔して申し訳ない。折り入ってお願いがあってね。君も知っての通り『月刊文潮』の記事が出ると、安藤先生および、その取り巻きにも色々とメディアの注目が集まる。つまり、君にもそれは波及するということだ」

「覚悟しております」

「じゃあ、話は早いな。今すぐ辞表を書いてくれ」

やはり、そういう話か。

「それは、臨時代理としてのご命令ですか」

「御託を並べず、潔く腹を切りなさい」

入江は強気だが、所詮は代理人だ。伊豆がその気になれば、居座ることはできる。

入江がデスクの上にあったA４の封筒を掲げて見せた。

「この中には、『月刊文潮』に来月掲載される小野篁氏の『恩讐の彼方に』の第二回原稿のコピーが入っている。そこには、安藤先生の右腕である『知恵伊豆』の非道な暗躍ぶりが克明に記されている。

それが公表されたら、君も懲戒免職を免れないかもしれんのだ。そうなる前に、自ら進退を決める方が美しいと思うがね」

＊

坂部退陣の発表とほぼ同時に、ＳＮＳが炎上した。〝地熱の火を消すな〟〝地球がくれたエネルギー〟というハッシュタグが溢《あふ》れ、地熱開発の継続を望む署名活動が若い世代を中心に自然発生した。それは瞬く間に五万人を突破し、リアルニュースでも話題を集めた。

夏凜たちが盛り上げた仙台発の「日本を地熱で救おうプロジェクト」が、思いがけない形で開花したのだ。

第四章　地熱ブレイク

1

二〇二四年一〇月一三日——

鉛を磨《す》り潰《つぶ》したような分厚い雲が垂れ込めている。蔵王山から吹き下ろす風も、今日はひときわ冷たい。

朝からビットの調子が良くなかった。その様子をモニター画面で見ていた玉田は、窓から入り込む隙間風に耐えられず、ダウンジャケットを羽織った。プレハブ造りの現場事務所は底冷えもひどいし、とにかく最悪だ。

国定公園特別保護地区での開発は着々と進み、掘削作業はすでに地下二五〇〇メートル地点を過ぎている。そろそろ熱水層にぶつかるはずなのだが、その前にビットが限界になるかも知れない。

「グエン主任、ドリルの回転速度を落として、もっと慎重に掘るように言ってくれ」

ベトナム人の主任技師であるグエン・バー・タンが、掘削リグの運転室に無線で指示を飛ばす。

ビットを操作しているのは、二一歳のフンで、蔵王に来て一年になる。理解が早く作業も器用にこなすが、せっかちなのが欠点だった。

「フン、聞いているのか。返事をしろ」

返事はないが、ビットの回転数は落ちている。

一年半前から、ベトナム人の掘削技師および研修生が、続々と来日している。彼らは現在、三万から一〇万キロワット級の大型の新規地熱発電所開発が行われている現場で活躍している。

彼らと共に働くようになったのは、田端康志のおかげだった。

かつて「蔵王復興地熱発電所」の現場監督を務めながら、データを改竄《かいざん》し、行方不明になっていた。

あの時、成田空港で会った田端は、混雑する成田空港のカフェの中にもかかわらず、再会するなり土下座した。

「玉田さん、許してください！」

「そんなことをするな。席に戻れ」

玉田が言っても、暫《しばら》く田端は、泣きながら、頭を上げようとしなかった。異様な光景に、他の客もざわついている。

「とにかく座れ。それに、土下座なんかされても、嬉《うれ》しくもなんともない。それより、何があったのか、話してくれ」

田端は、ようやく立ち上がって椅子に座り直した。

「父の町工場が、負債を抱えて倒産してしまいました。父だけでは、返済できず、私の方でもお金を借りました。そんな時に、息子の心臓に問題のあることが分かってしまい……」

結果的に、借金が、二〇〇〇万円にも膨れ上がってしまった。

「もう自殺するしかないところまで追い詰められていました。そんな時、どうやって嗅《か》ぎつけたのか、コンサルティング会社の人が現れて、高額の報酬の仕事があると言われて」

それが、江口元経産相に賄賂《わいろ》を贈った洋上風力発電業者の関係者だったのだという。

「そいつは、地熱の応援団で、試掘のデータが少ない場合は、水増ししてでも、完成させましょうと持ちかけてきたんです」

試掘時の熱水層の量が想定より少ないという情報をどうやって得たのかを玉田が尋ねると、

「私以外にも協力者がいたのだと思います。試掘結果が出た時、数人の専門家に分析を頼んだんですが、その内の一人がそうだったのでしょう」と答えた。

玉田は、数値から判断して、開発の再考を安藤会長に進言しようとした。ところが、すぐに田端が「測定法にミスがあって」と言い出して、熱水層容量を上方修正したのだ。

「運転開始直後に水が涸《か》れれば、二度と地熱は立ち上がれない。それが狙いだったのを知ったのは、実際に涸れたのを知った時でした。バカでした。いや、専門家失格です」

「あの時、逃げる必要なんてなかった。全部、話してくれれば良かったんだ」

「死んでお詫《わ》びするつもりでした。そうしたら、ある方から強く止められ、暫く、海外に逃げろと言われて」

「ある人？」

「それは、ご容赦ください。その方のおかげで、借金が返済できただけではなく、息子の手術代もご支援戴《いただ》いたので」

今さら聞くことでもないかと、玉田は深追いしなかった。

「で、ベトナムで何をしてたんだ」

「ずっと農園で働いていました。そんな時、日本で地熱の掘削技術者が不足しているという情報を聞いたんです。向こうには、日本で働いた経験のある掘削技術者が、結構いますから。それで、技術者養成の学校を開こうということになりました。資金は、私を助けてくださった方が、色々尽力してくださってベトナム政府や日本のジェトロなどから資金提供を受けました」

技術者の養成は、順調に進んでいるのだという。

「そんな時、ジオ・エナジーが技術者を急募していると耳にしました。すると、親しい元技術者が、復職してもいいと言ってくれて」

田端なりの精一杯の償いなのだろう。

「その程度で、許してもらえるとは思っていません。でも、彼らを是非、活用してほしいと思いまして、恥を忍んで、ご連絡しました」

「玉田さん、この雪、積もるよ」

雪を知らなかったグエンが、今ではすっかり雪に詳しくなった。

確かに、この降り方だと、作業は終わった方がいいだろう。

今日は、早めに引き上げるとするか。

突然、アラートが響き渡った。

モニターに目を遣《や》ると「逸水」の異常が検知されている。ビットが熱水層に達した時、逸水が起きる。

「掘削停止！」

玉田がグエンに叫び、グエンはフンに指示を飛ばす。

「グエン、逸水の状況を教えてくれ」

「玉田さん、勢いよく減ってるよ！」

遂《つい》に当てたか。

「玉田さん、やりましたよ。全量逸水しちゃいました。これは、当たりましたよ！」

玉田も同じ判断だった。

「グエン、暴噴防止装置《BOP》をしっかり閉じてくれ」

BOPとは、熱水層から爆発的に蒸気や熱水が地上に噴き上がるのを防止するための装置だ。

まだ、油断してはいけない。

前回の「本掘り」でも、ここまでは行ったんだ。問題は、熱水層の規模だ。

それに、二万キロワット以上の電力をまかなえる流量がなければ、発電所として成立しないのだ。

これまでは、その確認作業に生産井《せい》を何本も掘っていた。だが、全総研が開発した熱水貯留層流量センサーで、一本目の生産井の段階で探知できるようになったのだ。

玉田の長年の経験値に照らすと、「今回は、大丈夫！」という手応《てごた》えがある。

それでも、絶対に失敗が許されないため、慎重の上にも慎重を期したい。

だから、このハイテク機器で確認するまでは、楽観しない。

祈るような気持ちを込めて、玉田はセンサーの準備を始めた。

2

安藤は、伽藍岳高温岩体発電所の中央制御室にいた。運転中止が決まって以来、安藤以外、訪れる者はいない。稼動音も人の気配もない、空気すら動かない静寂の中で、安藤は一人座っていた。

ここには、特別な席がある。

御室の席だ。

伽藍岳高温岩体発電所の運転開始前に、帰らぬ人になった御室の、偉業を称《たた》え、ジオ・エナジーの守り神であり続けて欲しいという祈りを込めて、御室席を設けたのだ。

中央の柱には御室の遺影が飾られている。

地熱発電に捧《ささ》げる情熱は誰よりも強く、絶対に妥協を許さない頑固爺《じい》さんだったが、安藤や妙子ら若い仲間を守ってくれる頼れる父のような存在でもあった。

なのに自分たちは、御室の遺産を蔑《ないがし》ろにして放置している。

それが、ずっと気になっていた。

なんとか再稼働するための手立てはないか。機会を見ては、玉田や他の地熱業者にも相談を持ちかけるのだが、ネガティブな答えばかりが返ってくる。

いや、玉田だけは、安藤と同様に、復活を願っているのだが、彼には今、この問題に取り組む時間がない。

そんな最中《さなか》、御室の孫である純平が、思わぬ話を持ちこんだ。

〝地震の誘発は、人工的に熱水の破砕層をつくるために起きると言われていますが、この破砕技術についてイタリアで面白い研究をしているチームがあるんです。彼らが、伽藍岳の発電所で、その実証実験をしたいと言ってきているんですが〟

地中深くで岩盤に高圧をかけて破砕層を生み出すというのが従来の方法だが、イタリアチームは岩盤を溶解することで破砕層をつくるらしい。

捨てる神あれば拾う神あり——

もちろん快諾した。

そして彼らが明後日、来日する。

「御室さん、純平君は本当に頼もしい青年になりましたよ。まるであなたと妙子のエッセンスからできているような子ですよ。なにしろ学者としての才能とプロデューサー的な才能を兼ね備えているんですから」

そこで携帯電話が鳴った。

玉田からだ。

〝安藤さん、やりました。今度は大丈夫そうです。これから確認しますが、発電に足るだけの熱水層に当たったたと思います！〟

「玉田君、ありがとう。よく頑張ってくれた。君は、救世主だ」

感無量で呼吸が止まりそうだ。

「運命の女神、ひどくご機嫌と見える、この調子だと、おれたちになんでもくれそうだぞ」

そう、まさに『ジュリアス・シーザー』の気分だった。

今のうちに、たっぷり幸運を取り込んでおかなければ。

もちろん、これで終わりにしてはならない。これは地熱大国ニッポンの始まりを告げる狼煙《のろし》なのだ。

3

麴町《こうじまち》に本部がある一般財団法人日本エネルギー研究機構《JEIO》の理事長室で、伊豆は英国の友人との電話を終えると、ため息をついた。

三年半前に、総理補佐官を解任された後、伊豆は退職した。

そして、半年の充電期間を経て、現在の職に就いた。

ＪＥＩＯの歴史は長い。

一九七三年、オイルショックを経験した日本は、世界のエネルギー事情を調査集約し、危機に備えるための研究所が必須《ひっす》だと知る。そこで、資源エネルギー庁所管の財団法人として現機構の前身となる日本エネルギー研究所が発足、その後、二〇一三年、ＪＥＩＯとしてリスタートした。

尤《もっと》も、予算が大幅に削減されたこともあり、今ではすっかり有名無実化している。そんな機構の理事長を引き受けたのは、エネ庁からの情報が入手しやすかったからだ。また、表舞台からは身を引いたとはいえ、経産省は伊豆の能力は有用と見なして、補助金が増額され、おかげで伊豆は世界中にネットワークを張り巡らせている。

――イランとサウジアラビアが一触即発の状況にある。それを裏付けるかのように、ニューヨークの石油先物市場で、石油価格が上昇していた。我が社も対策本部を立ち上げたので、君にだけは伝えておくよ。

情報を提供してくれた友人は、英国のスーパー石油メジャーであるBP調査部で働いている。

「アラビアのロレンス」以来、中東情報は、英国からのものが最も正確だった。

イランとサウジアラビアは、我こそが中東の雄であるという覇権争いと宗派の違いから、長年険悪な関係にあった。しかも、事実上サウジアラビアの「宗主国」であるアメリカは、イランを敵視している。

そのため両国は、八年前から国交を断絶し、以来、睨《にら》み合いが続いていた。

それが、二〇二三年三月、中国の仲裁によって一気に「国交正常化」を実現した。

ところが、いざ実務レベルになると、問題が多く、「和解にはほど遠い」というのが現状だった。

最大のネックは、アメリカにあった。サウジとイランの国交回復は寝耳に水のうえに、その仲介者が中国だったため、アメリカの怒りは収まらないのだ。

その怒りに怯《おび》えたことで、サウジアラビア政府側の国交回復のための動きが鈍ってしまった。

そんな中で、両国の関係を悪化させるような事件が起き、再び険悪ムードになっていた。

そのため、伊豆は、中東問題の情報を集中的に集めていたのだ。

日本は原油輸入の九割を中東に頼り、そのほとんどが、イラン沖のホルムズ海峡を通る。

イラン側がその気になれば、海峡封鎖も可能で、日本政府関係者の間では、「日本経済はイランに首根っこを押さえられている」という認識がある。

万が一、武力紛争が起きたら、日本に与える影響は甚大だった。

特にエネルギー安全保障に関しては、ほとんど無策といえる現政権に、危機を乗り越えられるとは思えなかった。

民自党総裁選を圧勝した若き総理、毛利輝征は、就任直後は約八〇%という高い支持率で、新内閣をスタートさせた。

総裁選での公約通り、日本経済復活のための経済安全保障の三本柱として原発推進、ベンチャー支援、そして、賃金向上をぶち上げた。

原発推進については、新規制基準適合性審査で許可が下りたものを、順次再稼働するように促し、審査速度を上げるように指示した。

案の定、様々な団体から反対運動や再稼働差し止め訴訟が起こされた。そして、差し止め訴訟の七割で、請求が認められ、再稼働は思うように進まない。

業を煮やした毛利は、「差し止めを認めた判事は、日本の公務員としての責任を理解していない」と発言し、メディアで厳しく叩《たた》かれた。

それでもめげずに毛利は、新規原発開発の準備を進める。ところが、新たな審議会を設置するなり、部外秘の建設候補地がメディアにリークされ、地元で猛烈な反対運動が巻き起こる。

さらに、毛利と同様永田町超新人類と呼ばれ抜擢《ばってき》された若手閣僚にスキャンダルが次々と起き、既に二人が更迭された。

結果として就任一年で、支持率は四〇%を割り込むまでに落ち込んだ。

そこで起死回生を狙う解散総選挙に打って出たのだが、告示直前に毛利が、賃金引き上げ政策に対して、財界の幹部と上限の密約を交わしていた事実が発覚。支持率をさらに下げた状態で選挙が始まった。

選挙期間中、疑惑を払拭《ふっしょく》するために、日本中の給与所得者の年収を二〇%上げるための政策を断行すると宣言したのだが、国民の反応は鈍かった。

一方、選挙のたびに足並みが揃わなかった野党が、「打倒毛利」というスローガンで結束。様々な選挙協力を行い、原発反対派や中小企業の経営者の支援を受けて、予想以上の議席を獲得した。

その結果、民自党は五〇議席を失う大惨敗を喫し、単独過半数を得られなかった。何とか与党協力している二政党の支援を得て、過半数は確保したが、政権運営は綱渡りを余儀なくされてしまった。

与党内から総裁辞任を求める声が上がるが、有力な対抗馬が不在で、財界の盤石な支援を背景に、党の重鎮を閣内に入れた「挙党一致体制」を敷いた第二次毛利内閣を発足させ、起死回生を狙った。

それでも、政権の凋落《ちょうらく》傾向は止まらない。

伊豆は、方針を決めると、資源・エネルギー庁長官に電話した。

「どうやら最悪の事態を想定した方が、いいようだ」

〝私もまったく同感なのですが、どうも感度が悪くて。朝一番で、官邸に行ったのですが、まともに相手にされませんでした〟

長官の声にも危機感が滲《にじ》んでいる。

総理はずっと「騒ぎ過ぎだ。今は、原発問題に注力せよ」と取り合わないらしい。

〝今朝も、伊豆さんの提案を即時実行してよろしいでしょうかと、尋ねたところ、時期尚早と突っぱねられました〟

伊豆は、民間企業の協力を仰ぎ、備蓄量増の措置と、緊急での買い付けを行うべきだと提案したのである。

けっして難しい対応を迫っているわけではない。

日本国内には、国営民営などあわせて二三箇所に石油備蓄基地がある。備蓄量は、約二〇〇日分だが、紛争が始まると、短期で終わらない可能性が高く、可能な限り備蓄量を増やさなければならない。

その場合、石油タンクを新設することは難しいので、タンカーなどを用いた緊急措置が必要だった。

いずれにしても、紛争危機の懸念が高まれば、原油価格は瞬く間に高騰する。今なお円安状態が続いている日本にとって、早い段階で手を打たなければ、血税を無駄にすることになる。

「長官、ここは独自判断で動きましょう」

長官が口ごもった。

「君らしくないな。国家の一大事なんだ。ぐずぐずと躊躇《ためら》っている場合じゃないだろ。それとも、長官の椅子を、手放したくないのか」

〝いえ。失礼しました。打てる手を全て打ちます〟

「私は、財界に働きかけるよ」

〝大臣には伝えますか〟

「私は、お奨《すす》めしない」

現経産大臣は、総理の意向に背く行為を嫌う。

全てを呑《の》み込んで、エネ庁長官は電話を切った。

伊豆は、JEIOの石油部門幹部に非常招集をかけ、財界への協力も求めた。

そして、政権に気を遣って一時、地熱開発への投資を見送っている、政府系金融機関のトップに連絡を入れた。

「中東がきな臭い。即効性は望めませんが、地熱発電新規開発への投資を、再開していただきたいのですが」

三万キロワットから五万キロワット級の地熱発電所の三カ所の開発現場で、資金ショートが発生し、熱水貯留層まで掘削が終わっているのに、工事が止まっている。

トップには、二つほど貸しがある。それを暗に相手に伝えた。

〝私は未《いま》だに、地熱の可能性には懐疑的ですが、伊豆さんがそこまでおっしゃるなら、既に決裁済みの投資にゴーサインを出しましょう。

そこから先は、新規開発の結果が出てからということで〟

4

その夜、東京・赤坂檜坂《ひのきざか》――、外からは鬱蒼《うっそう》とした森しか見えない広大な屋敷を仁科は訪れていた。

門前の警備派出所で名乗り、邸内に入る。

毛利政権の支持率は低空飛行を続け、回復の兆《きざ》しすら見えない。そんな中、仁科が秘策があると申し入れたところ、毛利自らが〝今晩、自宅で十一時に〟と連絡してきたのだ。

政権発足時においては、地熱推進派の仁科は反主流派となり、党広報本部長代理という閑職に追いやられた。だが、仁科はむしろその立場をフルに活用して、メディアやＳＮＳのインフルエンサーとの人脈づくりに勤《いそ》しんだ。

また、伊豆とも、連携プレーを取るようになった。

秘書の案内で廊下を進むと、奥の部屋からクラシック音楽が聞こえてきた。

「マーラーですか」

毛利が大のマーラー好きだというのは知っていたので、当てずっぽうで言ってみたら、秘書は「五番です」と返してきた。

「あの曲が一番落ち着くとおっしゃって毎晩聴いておられます」

部屋に入ると、暖炉横の大きな革張りの椅子に座る毛利がこちらを向いた。

仁科は隣の椅子に腰を下ろす。

毛利のサイドテーブルには、ショットグラスとチェイサーがある。秘書が仁科に飲み物を勧めてきた。

「では、モルトを戴きます」

秘書は準備を整えると、静かに部屋を出て行った。

「まず、乾杯しますか」

仁科は立ち上がりグラスを持ち上げた。

毛利は座ったままで、グラスを少し上げただけで応じた。

仁科も若手政治家だが、毛利は四五歳とさらに若い。だが、内閣総理大臣の彼は自分が上位者であるという態度を隠そうともしない。

「英国から、正式に快諾の連絡がきました」

日英共同での、原発建設、次期戦闘機製造、さらに両国青少年の一万人交換留学の三案を、イアン・ブラナーを通じて英国首相に打診していた。

本来、外務省なり官邸なりが行う交渉だが、そんなプロジェクトを実行できる切れ者が政権内にいない。今や日英関係は疎遠で、G7加盟国同士という以上の関係にない。

そこで、伊豆とイアン・ブラナーの二人で起案し、王立国際問題研究所《チャタムハウス》のメンバーというブラナーの肩書きを有効活用して英国政府に持ちかけたのだ。

二人は三つの成果に対して、毛利に三つの見返りを求めた。

第一は、新規地熱発電所一〇〇万キロワット分の増設支援、第二は、超臨界地熱資源の開発支援及び、東北大学敷地内での開発許可。そして、三番目は、仁科の経産大臣兼エネルギー安全保障担当大臣就任だった。

ブレグジット以降、孤立を深め、深刻なエネルギー不足に喘《あえ》ぐ英国にとって、新規原発の建設は急務だった。そこで、日本の原発メーカーを中心としたオールジャパンで、その期待に応えることになる。

さらに次期主力戦闘機《FX》製造について、共同開発を謳《うた》いながら暗礁に乗り上げた過去もあるだけに、文字通り両国の悲願が実現するのだ。開発では日本の強みであるステルス技術や特殊素材を英国に提供する。一方、ジェットエンジンは、アメリカを凌駕《りょうが》すると言われている英国の技術を得て、アメリカ製以外の戦闘機を目指す。これは、自国の安全保障だけではなく、世界市場でのビッグビジネスの可能性も秘めているのだ。

また、交換留学制度は、日本だけにメリットがあるように見えるが、日本が有する生命科学や伝統文化等の研究ノウハウについて英国が注目していることもあり、歓迎されたようだ。

そして、毛利は喉《のど》から手が出るほど欲しかった二枚のカードを手に入れる。一枚は、支持率アップ、もう一枚は、脱赤間だった。

アカマ自動車の社主である赤間佐武朗のバックアップによって総理の座を手に入れた毛利だが、赤間に遠慮することなく自身の政治手腕をもっと発揮したいという欲が日々募っている。

それを察知した伊豆が、脱赤間の一手として、今回の英国プランを提案したのだ。

仁科は、ブラナーから今朝送られてきた文書のコピーを総理に手渡した。

「素晴らしい。大金星です。心から御礼を申し上げます」

「お約束を果たして戴けると考えてよろしいのでしょうか」

「もちろん」

　そこで、仁科は握手を求めた。

「善は急げですね。訪英の日程を調整します。あなたも同行しますか」

　昔の仁科なら即答で「ぜひ！」と返したが、今は違う。

「いえ、これは総理が独自のネットワークで実現された成果です。同行するのはイアン・ブラナー氏が適任です」

5

　全総研再生可能エネルギーセンターで地下五〇〇〇メートルを想定した、緩衝材の実験が始まった。

「温度が五〇〇度を超えました。圧力は約一五〇〇気圧。左右に5G相当の振動」

「一分経過。特に異常はありません」

「そりゃ、当然やな。半永久的に耐えてくれんと、意味がないんやから」

　斎田は、チュッパチャプスをポケットから取り出して、口に運んだ。

　相当な自信を持っているようだ。

「半年もあれば、結果を出します」と豪語した斎田だったが、いざ試作に取りかかると苦戦した。だが、斎田には、自信家で独創的な科学者にありがちな排他的な姿勢がない。彼は手を差し伸べてくれる人すべてに縋《すが》り、アドバイスも素直に受け入れた。

さらに、京都大学からインド人とイスラエル人の留学生を呼び寄せた。斎田曰《いわ》く「極めて優秀かつ情熱的」な二人によって、研究は加速した。

そして、二年近い歳月を費やし、遂に緩衝材が完成した。

「一〇分経過。現在のところ、まったく問題はありません」

一時間後、孫崎が斎田に握手を求めた。

「まだ、結果が完全に分かるまでには時間を要するが、私は成功だと思うよ。プーさん、大発明だ、感服した」

「いやあ、そんな褒められたら、僕泣いちゃいますよ。それに、下駄《げた》を履くまで分かりません。あと一ヶ月は様子見ないと」

これで、超臨界地熱資源開発の重大な課題を、一つクリアした。

課題は他にも山積みだが、この成功は、大きい。

斎田と肩を叩いて喜び合っていたら、信田が「みんな聞いて！」と声を掛けてきた。

「今、『地熱王子』から連絡があって、葛根田の開発にゴーサインが出たと。そして、東北大のプロジェクトも始動、って」

6

三ヶ月ぶりに、玉田が本社に顔を見せる。

無事に大きな熱水層を発見した蔵王の開発現場では、東北電力によるタービン設置作業などが行われている。

その合間に玉田が大分に飛んで来たのは、安藤に会わせたい人物がいるからだという。

安藤はなぜか気分が落ち着かなかった。それで屋上に上がって、伽藍岳が見えるベンチに腰を下ろして、上空を早足で行き過ぎる雲を眺めていた。これから崩れそうな雲行きだ。

玉田には、いくら感謝しても足りないくらいだ。この気持ちを、できるだけ形で表したかった。まず二ヶ月の長期休暇を与え、ゴールインボーナスも弾む。

そして、玉田の宿願である大雪山での地熱開発を任せよう。

他に、何をすれば喜ぶだろう。

余りに無欲な男だから、すぐには思いつかない。御室といい玉田といい、地熱開発に魂を奪われた奴らは皆、物欲、名誉欲に乏しかった。

「会長、玉田さんがお戻りになりました」

秘書が呼びに来た時、一瞬、伽藍岳の頂に日が射したように見えた。


玉田はこの三年で、すっかり逞《たくま》しくなっていた。

「よく頑張ってくれた。本当に、ありがとう。もっと色々言葉を掛けようと思っていたのに、感無量で全部忘れてしまったよ」

「あとでゆっくりお聞きします。それより、お引き合わせしていいですか」

構わないと返すと、玉田がドアを開けて、同行者を呼び入れた。

頰髯《ほおひげ》に覆われ、真っ黒に日焼けしているが、その顔には覚えがあった。

「田端君じゃないか」

「会長、どの面下げてここにお邪魔するのかというお叱りを顧みず、参りました。ご迷惑をおかけして申し訳ございませんでした」

「そんな詫びは、もういいよ。よく来てくれた。それよりも君にも御礼を言わせてくれ」

「御礼なんてとんでもない！　私がしでかした裏切り行為は、一生かけて償う所存です」

「ベトナムでの技術者確保の上に、養成も始めてくれたそうだね。我が社だけではなく、人材不足で悲鳴を上げている地熱業界全体が、君に感謝している」

田端は何度も頭を下げながら、泣き出していた。ベトナムに行ってから、涙もろくなったらしいと、玉田が嬉しそうに解説してくれた。

「君も知っての通り、再び国内での地熱開発のムードが高まってきている。我が社も、来年までに三カ所同時に、開発に着手することになる。君のようなベテランに現場を仕切って欲しいんだ。我が社に戻ってきてくれないか」

「私でよろしいのですか。ありがとうございます。粉骨砕身頑張ります！」

＊

玉田を会長室に残した安藤は、彼に二ヶ月の有給休暇を命じた。

「ありがたいお言葉なのですが、一週間で結構です。その代わりに、郡山に行かせてもらえませんか」

「郡山に、何の用があるんだね？」

「純平君から相談を受けていまして、超臨界地熱資源開発のお手伝いをしたいんです。それが社内的に問題なら、戴いた二ヶ月の休暇を充当します」

超臨界地熱資源開発のプロマネである信田から、地熱開発のエキスパートを借りたいと打診されてはいた。

だが、そこに玉田の投入は、考えてなかった。彼には数日出向かせる程度で十分だと思っていた。

「二ヶ月休んだら、いよいよ大雪山で、地熱開発に挑戦してもらおうと考えているんだが」

玉田の表情が明るくなった。

「ありがとうございます。しかし、大雪山は、探査から始める必要があります。私の出番は、早くても二年先かと」

それはそうだが、その二年間は、激務を避けて英気を養う期間に充ててほしい。

そう告げたが、玉田は首を横に振った。

「蔵王にいても、超臨界地熱資源開発の可能性を、よく尋ねられました。それに、純平君からの技術的な質問は、実際に携わってみないと判断できない内容が多いんです」

「それなら、一週間の出張で何とかなるだろう。それに君には、休暇を取ってたっぷり充電してほしいんだが」

玉田が暫く考え込むように黙り込んだ。

「会長、これは亡き御室さんへの恩返しなんです。それと、地熱屋として、不可能に挑む純平君が羨《うらや》ましくもあります」

やれやれ……。親の気持ち子知らずだな。しかし、嬉しそうに言う玉田に負けた。

「分かった。じゃあ、正式に信田さんと話をしよう」

7

二〇二四年一〇月二〇日、アイスランド、レイキャビク――

一〇月で、気温は既に〇度を下回っていた。

だがこの異邦の地で、歴史的瞬間に立ち会って興奮している実香には、寒さなど気にならなかった。

日英氷《アイスランド》による地熱共同開発プロジェクト調印式――。半年近くブラナーや仁科、そして純平が根気よく交渉を続けた苦労が実を結んだ。

プロジェクトの主眼は、超臨界地熱資源開発だった。世界初の超臨界エリアからの蒸気噴出に成功したアイスランドの経験、日本の技術力、そして、英国の外交力が一つになって、世界三カ所で同時に、超臨界地熱資源開発を推進する。

調印式には、三カ国の首相が勢揃いし、アイスランド地熱の象徴である巨大露天風呂《ぶろ》、ブルーラグーンの前で、盛大にセレモニーが行われた。原発推進を訴え続けてきた毛利首相が、嬉しげに他の二人の首相と談笑している。彼の本心は分からないが、変わり身の早さが政治家のスキルだとすれば、立派なものだ。

大歓声の中、イアン・ブラナーが挨拶《あいさつ》に立った。このプロジェクトの最大の立役者だ。

「火山が多いアイスランドや日本には、足下に素晴らしいエネルギー資源が眠っている。ところが我がイギリスは、その恩恵に浴せていない。神はなんと不公平なことをするんだ、と前から一人で嘆いていました。

今回の調査では、イギリスだって地中深くまで掘り進めば、そのお宝がありそうだ、という結果が出ました。調査してくださったレイキャビク大学のゲイル・ヘルマンソン教授、そして、日本の全総研の御室純平さんに感謝します。

何より、ここに参加国の首相が集い、我々のプロジェクトを高らかに宣言できたこと。これは、地球と人類との新しい関係の誕生でもあります」

ブラナーは最後に、北欧に伝わる神話と日本の神話を引き合いに出して祝辞を結んだ。


祝宴を終えたところで、実香は仁科に、二人で飲まないかと誘われた。

ハードスケジュールの旅と寒さで疲労困憊《こんぱい》していたが、今回のプロジェクトの仕掛け人である仁科と話す機会を逃すわけにはいかない。

快諾すると、仁科担当の現地ガイドが、地元のバーに案内した。

二人がボックス席に座ると、ガイドはカウンター席で待つと告げた。

テーブルに着くと、まずスパークリング・ワインで乾杯した。

「それにしても、大臣の突破力には頭が下がります」

「中途半端が嫌いな性格でね。一度やると決めたら、とことんのめり込むんです。とはいっても、毛利政権が成立した時は、僕の運も尽きたと諦《あきら》めてたんですよ。原発推進が動き始めたら、地熱発電の出る幕はなくなるからね」

実際、坂部総理の退陣によって仁科は、権力の中枢から遠ざけられた。さらに、地熱を推していた総理補佐官の伊豆も官邸を去った。

その状況だけ見るならば、地熱開発は完膚なきまでに頓挫《とんざ》してしまったのだ。

「仁科大臣は、自由に動き回れるようになった。それが、今日の成功に繫《つな》がったのでは、と私は思っていますが」

「さすが、片桐さん。鋭いな。臥《が》薪嘗胆《しんしょうたん》とか、私は大好きなんで。腐らず、色々仕込もうと考えたんです」

「〝スーパー・モー〟や若い世代に呼びかけて、上手に盛り上げましたね」

「本音を言うと、〝スーパー・モー〟があんなにバズるとは、まったく思ってなかった」

彼女らは、とにかくヨーロッパでの人気が高い。

今回の三カ国地熱プロジェクトのセレモニーに〝スーパー・モー〟は招待されて、祝賀会でミニライブも行っていた。

地下アイドルレベルのガールズ・グループが、海外で称賛された理由を、実香は摑《つか》み切れていない。

世界的なアニメーション作家の影響力を指摘する声はあるが、それは限定的だった。

それでも、彼女らが国内外で注目されたことで、日本の意識高い系の若い世代が、地熱発電に興味を持ったのは、間違いない。

そして、地熱を愛して止まない生真面目な秋吉麻友がSNSで、切々と地熱愛を綴《つづ》ったことも良かったのかも知れない。

「大臣が、その他にも、いろいろと仕掛けをされたという噂がありますが、本当ですか」

「怪しいコンサルを使って、SNSをコントロールしたって話かい？

そもそもアメリカの大統領選挙やブレグジットの結果も、本当にフェイクニュース作戦のお陰なのかは、ちゃんと検証されていないんだよ。それに、そんなコンサルが、日本にあるのかな？」

「京大データ分析」という会社が存在するのを実香は知っているし、仁科も知っているはずだ。

「じゃあ、日本で地熱発電が再注目され、大きな投資対象になるに至った要因は、何だとお考えなんですか」

「そういう運命だった、ってことでしょう。所詮《しょせん》、私は関係者を繋ぐ特攻隊長に過ぎない。

日本では、時々あり得ないような奇跡が起きるんです。出会うはずのない人が出会い、世界の潮流がそこにマッチする。だって、あれだけの規模の原発を保有しながら、それがほとんど使えないなんて、普通はあり得ない。さらに、カーボンニュートラル社会実現などという偽善が世界を闊歩《かっぽ》したことで、火力発電にとてつもない逆風が吹いた。

さらに、きな臭い中東問題。ここまでくると、資源のない日本は、なりふり構わず地熱シフトをやらざるを得なかった。原発復興を掲げ、毛利さんを総理に押し上げた財界も、贅沢《ぜいたく》が言えなくなった。

そういう複合的な要因が一つになって、奇跡が起きた」

説得力はある。だが、やはり話がうますぎる。

特に実香のように、東日本大震災以降ずっと地熱を推してきた者としては、嘘臭く感じられた。

「片桐さんが、信じるか信じないかは、この際どうでも良くないですか。この話は、新聞読者には『いい話』として説得力あると思うな。だから、そういう美談を、ぜひ書いて下さい」

そう言って、仁科は空になった実香のグラスに、スパークリング・ワインをなみなみと注いだ。

8

二〇二四年一〇月二七日――

国連気候変動枠組条約締約国会議・ＣＯＰ29の議場に、伊豆はいた。今から重要な採決が始まる。

そもそも伊豆は、ＣＯＰに参加するつもりは毛頭なかった。

ところが、ここで、CO_2排出に関するペナルティの形式が決まるため、毛利首相から、「議決が日本に有利となるよう調整せよ」と要請された。

地球を六地域に分け、その地域でCO_2総排出量を合計し、目標値をクリアできない場合は、その地域に属する国が、ペナルティを人口比で分担して負担するという「各地域負担形式」が採用されるかもしれないのだ。

この形式だと、ヨーロッパ州は基準値をクリアしているために、インセンティブが支払われるのだが、アジア州各国には莫大《ばくだい》なペナルティが科される。

地球人口の半分以上を抱えるアジア州は、工業化、都市化が進む中、排出するCO_2量も、突出している。中でも、膨大なCO_2を排出している中国やインドが、この方式に賛成するとは考えられなかった。

そして、いまだ化石燃料に頼る日本も、この形式が採択されると、毎年一兆円から三兆円の負担増を余儀なくされると、伊豆は予想している。

「中国が、新形式に賛成票を入れると、通告してきました」

伊豆に同行しているエネ庁職員が耳打ちした。

「あれだけの好条件を、提示したのに？」

「中国政府が試算したところ、各国ごとで負担させられるよりは、エリア形式の方が、負担額が少ないそうです。それと、伊豆さんは信用しているが、日本政府は信用できないと」

「つまり、彼らにとっての敵の提案に乗るわけか……」

「あの国は強《したた》かですから。アメリカが中国と濃密な交渉をしていて、両国間で密約が交わされたという噂もあります」

米中は一触即発だと、日本のメディアや政治家は思い込んでいる。だが、互いに一筋縄ではいかない両国は、複雑怪奇な関係を結んでいる。たとえば、ホワイトハウスと中南海《チョンナンハイ》の意向は異なっても、当事者間に利するものがあれば、彼らは平気で手を結ぶ。

「では、アメリカは賛成するんだな」

アメリカは、温暖化対策には、消極的だ。しかし、中米を北米エリアに加えることを条件に、この提案に賛成しそうだという。

中国と同様、この形式の方が、アメリカの負担額が減るためだ。

「インドは、どうだ？」

「あの国は、全く何を考えているか分かりません。インドに対しては、英国やEUの関係者が、賛成票を投じるように熱心に働きかけています。それに引き換え、我が国は無策と言わざるを得ません。毛利総理は、原発再稼働と新規開発が思い通りに進まないため、ある程度の負担は覚悟で、火力発電所の継続稼働を目論《もくろ》んでおられます。でも、そんなことをしたら、日本は火だるまになりそうですね」

毛利から「根回し役」を懇請された時、ならば毛利自身が議場に来て、各国首脳との交渉の場に参加するのが条件だと返した。

首相は、「必ず」と固く誓ったにもかかわらず、結局、一日も顔を出していない。代理として仁科経産相兼エネルギー安全保障担当相が、連日、各国首脳との交渉や会食にも出席し、熱く新形式締結反対を訴えているが、国際政治で実績のない仁科がいくら頑張ったところで、効果は薄い。

このままでは、先進国の中で、日本だけが割を食う。

「次に、日本の主張を述べてください」という声がかかり、仁科が壇上に立った。

いつもと同じパターンで冒頭にジョークを飛ばして、会場を沸かせている。

だが、既に新形式を決断している国に、翻意を喚起させるだけの材料はない。

ダメだな。これで、日本は本当に追い詰められる。

＊

伊豆の出張中、新型の原子炉を開発中の研究所で、トラブルが発生、一時、住民が避難する騒ぎになった。

その結果、開発は無期延期となり、毛利政権の目玉だった「安全かつリーズナブルなニュータイプの原発開発」プロジェクトが頓挫してしまった。

9

北海道大雪山麓《さんろく》、大亜重工特殊鋼実験場――

実験場周辺は、〇度近くまで冷え込んでいるが、ここだけは熱気がこもっていた。

超臨界地熱資源開発用のビットが遂に完成にこぎつけた。その試作機のテストがこれから行われる。

純平の隣には、信田もいる。

「うまくいけば、製品第一号を一ヶ月以内に納品して下さるそうです」

「じゃあ、私はお祈りするわ」

冗談のように言うのだが、信田は時々、砂金掘りの父親直伝の「金の神様」に祈りを捧げているらしい。

しかも、その効果は、バカにならないらしい。そんなもので実験が成功するのなら、神様でも仏様でも、何にでも祈って欲しい。

人工的に高温高圧環境を作る実験機には、天井まで届くほどの鋼鉄製の扉がある。

その扉を開けて内部に入ると、巨大な金属の立方体が鎮座していた。

「これが、高温高圧高振動実験機です」

この中で何パターンかの厳しい環境を設定し、試作品の強度を測るのだという。

大亜重工の研究員が、純平たちをモニター前に案内した。

「内部の様子を、専用のカメラを通してご覧戴けます。その隣のモニターには、より詳細な測定推移を、デジタル処理して表示します。画面下で、温度、圧力、振動負荷を表示します」

地下五〇〇〇メートルという高圧高温の環境で撮影できるカメラについて、大亜重工の研究員は当たり前のように言った。

信田が、「お願いします」と言うと、研究員がオペレーターに実験開始を告げた。

巨大立方体の内部から稼働音が響いてくる。

「まずは、高温実験から始めます。最初は、ビットを稼働させず徐々に温度を上げていき、最後は五〇〇度まで上げる予定です」

いきなり、そこまで行くのか。

静止状態での高温テストをクリアすると、次にビットを回転させて同様の試験を行ったが、それも難なくクリアした。

高温テスト終了後に、一度、ビットの精密検査が行われたが、変化なしだった。

高圧検査、高振動検査と次々とクリアして、あとは「フルスペック試験」を残すのみになった。既に時刻は午後七時を回っている。

その前に食事はどうかと開発責任者が気遣ってくれたが、信田は「実験員の皆さんが、このまま続けた方がよいとおっしゃるなら、そうして下さい」と即答した。

この最終実験がクリアできたら、実用化が決定する。それに最深部の井戸の金属にも応用できる。

実験開始の声が掛かると、関係者がモニターの前に着席した。

「今回は、掘削時にかかる三つの負荷を同時に上げていきます。ビットも稼働させます」

頼む、全てをクリアしてくれ。

信田が祈る隣で、思わず純平も祈ってしまった。

「地下一〇〇〇メートル、クリア」

オペレーターの声に、関係者が固唾《かたず》を呑んでいる。

二〇〇〇メートル、三〇〇〇メートルも異常なし。

「四〇〇〇メートル……。ここで五分間。同環境を維持します」

既に映像は凄まじい圧力の影響で不鮮明になっており、デジタル処理のデータが頼りだ。

オペレーターが一分おきに「クリア」と告げる。

「五分経過しましたが、異常なし。続いて四五〇〇メートルに設定します」

そこもクリアし、いよいよ五〇〇〇メートルだった。

「三分経過、クリア」

「よし！」

気の早い誰かが拳《こぶし》を握りしめて声を漏らした。

「まだよ！」

すかさず信田が窘《たしな》める。

「四分、異常ありません」

いいぞ、その調子だ。

そこからの一分が、気の遠くなるほど長く感じた。

「四分四〇秒……一五、一四、一三」

その時だった。異常アラートが突然鳴り響き、ついで実験室全体がブラックアウトした。

＊

「大変失礼しました。問題だったのは、実験機の方で、ビットはまったく無傷であることが確認されました」

研究主任の言葉に、純平は思わず歓声をあげながら、信田に抱きついていた。

10

二〇二四年一〇月三〇日、仙台――。

「仙台日報」の特集企画として、イアン・ブラナーと、島崎教和《しまざきのりかず》東北大総長との対談が実現した。

テーマは、「杜《もり》の都に於《お》ける総合大学の意義」だった。

オンラインを中心に、東北大敷地内での超臨界地熱資源開発推進のための署名活動が進んでおり、その数は、三〇〇万人分を超えて、世間の注目を浴びている。

仁科大臣は、学内での超臨界地熱資源開発を承諾するよう求めているが、島崎総長は拒絶し続けている。

そこで、開発を受け入れた場合は、新たな大学院計画を承認すると文科大臣が提示するが、「国家統制の最たる愚行」と総長自らメディアにリークし、物議を醸した。

島崎の強硬姿勢の背景には、「大学自治の堅持」と「原発推進」があると、実香はみている。

今年七二歳になる島崎は、いわゆる「転向した活動家」の一人だ。

東北大学総長に就任した当初から、「日本で最も自由度の高い大学自主運営を目指す」として、欧米の名門大学との学生交流を推進、また地元企業からの寄付を募り、中央政府に頼らない大学経営をアピールした。

そんな彼が地熱発電所の開発、しかも半ば政府に強要されているようなものに、キャンパスを提供したがらないのは当然だった。

にもかかわらず、今や地熱推進のカリスマ的存在であるイアン・ブラナーとの対談に応じたことに、実香は驚いていた。


「早速ですが総長、東北大学の名誉教授も務めているブラナーさんの印象を教えて下さい」

対談の仕切りは実香が任されている。

「私は、もう四〇年以上前からのブラナーファンです。アメリカ留学時代に拝読した『叡智と《wisdom and》破壊《destruction》』には、衝撃的な感銘を受けました。日英には相似形のような親近感を抱いていたのですが、英国の底力を思い知らされると共に、日本の未熟さを痛感したものです。以来、日本がどのような展望を築けば、英国に近づけるかが、私の生涯の課題となりました。そして、いつか先生をお招きして、直接教えを請いたいと強く思っていたのです」

ブラナーは目を細めて島崎の話に耳を傾けている。

「それで、その個人授業は実現したのですか」

今度はブラナーに話を振った。

「一対一は実現できていませんが、私の特別講義を、島崎サンが聴講して下さいました。島崎サンが凄《すご》いのは、最前列に陣取られて、いの一番に質問をされる。しかも、その質問が鋭くて、タジタジでした」

「あの時、私は学生に戻っていました。それぐらい興奮する授業でした。そして私は、英国にあって、日本にないものは何でしょうか——とお尋ねしました。『奢《おご》りと周到な交渉力、そして七つの海を制覇した経験』と答えていただいた」

それは、ブレグジットする前、最後の栄光が残っていた時代の話だな、と実香は思った。

「それで、私が逆質問をしたんですよ。日本にあって、英国にないものは――と。

総長の答は『根拠なき過信、愚直な一意専心、そして、今なお抜けない鎖国体質』でした」

自虐ネタか。

「そして、日本の良さを探すプロジェクトを立ち上げ、ブラナーさんにその責任者になって戴いたんです」

「色んなアイデアが浮かび、実際に、いくつかの研究室が立ち上がりました。でも、どうしても島﨑サンが首を縦に振らなかった案件がありました――地熱開発です」

いきなり地熱の話題が出ると、大学関係者らは色めき立った。

只《ただ》一人、島﨑だけが、顔色一つ変えていない。

「そんなことはありませんよ。我が大学の中で、地熱開発に最も力を入れたのは、他ならぬ私です。何より、『蔵王復興地熱発電所』開発については、我が大学は可能な限りの支援を惜しみませんでした」

それは事実だ。

震災直後から、東北大学は熱心に「蔵王復興地熱発電所」開発をサポートしてきた。

「しかし、結局失敗に終わってしまった。たかだか五万キロワットレベルの発電所の開発に一〇年も費やして失敗しました。そのようなものに、日本の電力供給の一翼を担わせるわけにはいかないでしょう」

「だから超臨界地熱資源の東北大学内での開発にも反対なんですか」

「一因ではありますね。そもそも大学キャンパスは発電所のためにあるわけではありません。話題づくりのために、大学が侵食されるのは、総長として阻止せねばなりません」

「話題づくりは重要ですよ。日本が世界に比類なきエネルギー資源を有しながら、それを生かせていないという大問題を解消するには、東北大学構内という場所から、世界初の地熱技術をアピールする。

そうすれば、東北大学こそが日本のオリジナリティを発信する、という島﨑サンの夢も実現するじゃないですか」

「では、お尋ねしますが、高温岩体発電所はどうなりましたか。世界初の新しい地熱の形式とアピールして稼働していましたが、地震を誘発するという理由で頓挫している。

世界初とは、裏返せばハイリスクでもある。そんなハイリスクのプロジェクトで、電力供給を賄おうとする余力なんて、今の日本にはありませんよ」

「ですが、本校の学生たちは、超臨界地熱資源開発を望んでいるようですよ」

「一部の学生で盛り上がっているという認識です。実際は、少数派です」

「東北大学の学生総数は、約一万八〇〇〇人。私の手元には現在、約二〇%、三七〇〇人を超える開発賛成の署名が集まっています。

いかがですか。学生主導がモットーなのですから、この際全学生に投票を求めては?」

対談後、実香はオンラインニュースの速報に釘付《くぎづ》けになった。

「イアン、今、ブレイキング・ニュースが流れました。イランとサウジアラビアの間で軍事衝突が起き、戦火は両国全域に広がる勢いだそうです」

＊

11

サウジアラビア軍が揚げた凧《たこ》――。それがサウジアラビアとイランの衝突の端緒だった。キング・アブドゥルアズィーズ海軍基地所属の哨戒《しょうかい》船が、国境警備中に半径一〇キロ四方を観測できる軍事カイトを揚げたところ、強風で糸が断裂しイラン国境方面に流れてしまう。それを「攻撃」と勘違いしたイラン国境警備隊が迎撃した。すると、サウジ軍は応戦、紛争の火蓋《ひぶた》が切られた――。

ただちにアメリカがサウジを、中国とロシアがイランを支援する旨を表明し、紛争は覇権国家同士の代理戦争と化した。

にわかに信じがたい話だが、日本エネルギー研究機構の理事長である伊豆は、世界のエネルギー市場の動きをモニタリングして、次なる手を検討しなければならない。そこに、電気事業連合会（電事連）の事務局長から電話が入った。

〝伊豆さん、間一髪だった。ほんと、危なかった〟

「では、滞りなく締結できたんですね」

〝中東の衝突二時間前に、ウラジオストクで、コンプリートしました〟

電事連は、日本を十分割し電力供給を行っている電力事業者の団体である。

サハリンでの開発——サハリン・プロジェクトは、当初から日本企業が関与し、最初に開発に着手した「サハリン1」については、総事業費の三割を負担している。しかし、現在の輸入量は、日本の天然ガス輸入額の一割程度しかなかった。

有事に備え、「サハリン1」から天然ガスと石油を緊急買い付けすべきだと、伊豆は電事連にアドバイスしていた。

それが、何とか間に合ったということだ。

「原発の方はどうですか」

こちらも、中東有事の際には、新規制基準適合性審査をクリアした原発を再稼働したいという要望書を、電事連が総理に提出していた。

「まさに、本日午後、総理と会長が面談する予定だったのですが、中東紛争のために中止になりました。

ですが、その後、我々の要望を認める閣議決定を行ったという連絡が、経産大臣からありました」

これで、向こう一年は、何とか乗り越えられる。一刻も早い紛争決着を期待しつつ、輸入に頼る電力のあり方を考え直す時期だと、総理にねじ込まなければならない。

大志郎の秘書から電話が入った。

「お忙しい中、恐縮なのですが、大至急、大磯までお運び戴けますか」

遂にその日が来たのか。

12

なんと穏やかな顔だろう。

安藤幸二は、昭和、平成に永田町に君臨した祖父の寝顔を眺めていた。

祖父のせいで地熱開発などという地味で門外漢のビジネスに巻き込まれ、気づいたら二〇年以上もこの仕事を続けている。

「おお幸二、来てくれたのか」

「長い間、電話でしかお話ししていませんでしたからね」

「もっと、近づいて顔を見せてくれ」

皺《しわ》だらけの手が伸び、安藤の頬を撫《な》でる。

「おまえは、一番理解できない子だった」

「それは、褒め言葉だと受け取っておきます」

安藤家の落ちこぼれである幸二にとって、祖父は遠い存在だった。

「どうやら、そろそろお迎えが来るようだ」

「一五〇歳までは、生きるのかと思っていました」

祖父は笑ったのだろうか。喉の奥が詰まるような音がし、咳《せ》き込んだ。

「そのつもりだった。日本がこんな体たらくでは、死んでも死にきれんからな」

この人は、逝く瞬間まで日本の行く末を、心配し続けるんだろうな。

「おまえのような軟弱者が、地熱発電の発展にこれほど心血を注いでくれたことが、今でも信じられん」

「意外に面白かったんですよ」

「そうか……。それは良かった。そして、本当にありがとう」

「やめてください。あなたに感謝されるなんて、夢に出てきて魘《うな》されそうだ」

「特に、蔵王の開発を成功に導いたしぶとさは、称賛に値する」

「僕は何もしていません。御室さんの弟子たちの情熱があったからこそです。あとは、お祖父《じい》様の後継者を自任する仁科先生のおかげでしょう」

突然、祖父に手首を強く摑まれた。

「幸二、私の最後のお願いを聞いてくれ。

今の日本人は、迅速かつ軽率であることこそが、美徳だと考えるようになった。だが、本当は、じっくり構え、深く掘り下げることが得意な国民なのだ。地熱は、その象徴なんだ。

カネの調達と地熱法の制定は、何としてもやり遂げる。だから、日本中で地熱開発をしてくれ。超臨界地熱資源開発も頼む！」

死を前にした老人とは思えぬ力で手首を強く握りしめる祖父の目は血走っていた。

「努力はします。でも、僕は非力ですから」

「おまえは、日本で最も成功した地熱事業者じゃないか。おまえなら、日本を地熱大国にできるはずだ」

〝その足を踏みだしてくれ、おれの心は火を吹きはじめた、勇んでついて行くぞ、目的などおれの知ったことか、もう何も言うことはないのだ〟と言ったのは、ブルータスだったか、キャシアスだったか……。

13

伊豆が、安藤大志郎を訪ねると、入れ替わりで幸二が、寝室から出てきた。

「伊豆さん、お忙しいのに駆けつけて下さったんですね。どうか、祖父の話を聞いてやって下さい」

安藤翁が横たわるベッドに歩み寄ると、彼は目を閉じていた。

一目見て、老人の命が、いよいよ尽きようとしているのが、分かった。

伊豆が官邸を去ってから疎遠になった。

総理補佐官を退いた伊豆を、安藤は斬り捨てるだろうと考えたからだ。

だが時々、大磯の自宅や贔屓《ひいき》の料亭に呼びつけられた。

その時は、昔話に終始し、原発や地熱、あるいは政治などの話題に進まなかった。

そして、遂に「伝説の男」は、本当の伝説になってしまうようだ。

「ロシアでのガスと油の調達、さすがだな。私からも礼を言わせてもらう」

目は閉じたままだが、声にはまだ力がある。

「起きてらっしゃったんですね」

「眩《まぶ》しいんだ」

伊豆は、窓のカーテンを引いた。夕暮れ時の陽射しは、カーテン越しに入ってはきたが、室内はかなり暗くなった。

安藤が、目を開いた。

その眼は、かつて多くの官僚や政治家を震え上がらせた頃と同じ光を放っている。

「私も、いよいよのようだ。伊豆君、後は任せるよ」

「ご冗談を。エネルギー危機が目の前に迫る今、あなたの代わりが務まる者などおりませんよ」

「残念だが、無理だな。だが、誰かがやらねばならん。君は今、日本の救世主なんだ、行き当たりばったりの燃料調達を終わらせるように、君から愚かな総理に、強く進言してくれ」

「来年には、蔵王を始め四カ所で開発が進められていた地熱発電所が、新たに運転開始します」

「いや、新規開発がもっと必要なんだ」

「先生、新規の地熱発電所が、そんな短期間に新設できないのはご存じでは？」

「カネと法律的支援があれば、短縮できる。地元住民も温泉組合も黙らせて、この国の電力安定供給のために突き進む。それが、政治家の使命なんだ」

そんな政治家は、もう日本にはいない。

「地熱法については、仁科先生が粘り強く関係各方面に働きかけているので、来年度の通常国会には成立すると思われます」

「遅い！」

自分が生きている間に成立させよ、とでも言うつもりか。

「伊豆君、日本を救うための時間はもう残りわずかだ。震災後、ずっと無駄にしてきたんだからな。だが、中東紛争のお陰で、今ならバカどもも耳を傾けるだろう。そのチャンスに懸けるんだ！」

「仁科先生の後方支援に努めます」

「それじゃ、ダメなんだ。あの男は、何事も強引過ぎる。あいつが主導すると、法律が成立しても、まったく使えない法しか、できん」

それは否定できない。しかし、今必要なのは、彼の突破力ではないのか。

「もうすぐ仁科が来る。一刻も早いまともな地熱法成立のために、あいつを指導してくれないか」

「先生、仁科先生は、私のアドバイスなど歯牙《しが》にも掛けませんよ」

「大丈夫だ。必ず言うことを聞かせる。だから、頼む」

14

仁科は千疋屋《せんびきや》総本店のメロンを持って、安藤邸に現れた。

いつもの人懐っこい微笑みを浮かべ、黒のスリーピースを着ている。

「先生のご体調が悪いと伺って、飛んできました」

仁科が入室する前に、安藤翁は伊豆の助けを借りて、窓際の座り心地の良い安楽椅子に移動した。

そうして座っていると、普段の安藤と変わらない。

「お気遣い、ありがとう。どうしても君に伝えておきたいことがあってね」

ベッドサイドの椅子の向きを変えて、仁科は安藤と膝《ひざ》が触れるほど近くに座った。

「地熱法制定の状況は？」

「何とか、次の臨時国会で成立させられそうです」

「私が聞いたところでは、来年度の通常国会でという話だったが」

「それでは、遅すぎます。そこで、色々と皆さんに頑張ってもらって、前倒しにしてもらいました」

「そのために、どんな手を使ったんだ？」

「そこは、企業秘密ということで」

「総理に、脅迫まがいの交渉をしたと聞いている」

「それは、誤解です。私は、一刻も早く地熱法を成立させるというお約束の件でお願いに上がっただけです」

「さもないと、総理の末弟の不正を、メディアに漏らすと脅したんだろう」

仁科は、まったく悪びれずに答えた。

「脅したわけではありません。弟さんのスキャンダルを、上手に処理しただけで」

「目的は、手段を凌駕する——という考え方はやめろと、言ったはずだが」

「先生、お叱りはいくらでも受けます。しかし、中東紛争まで起きて、日本のエネルギー状況は、最悪の事態に陥っています。

伊豆さんのご尽力で、当面の電力供給は安心ですが、もうこんな愚かな状況を続けてはなりません。そのためには、一刻も早く地熱法を成立させるべきなんです」

「君が、本当に私の遺志を継いでくれるというのなら、君には辛抱の重要性を理解して欲しい。君が総理を脅して、次の臨時国会で地熱法を成立させても、骨抜きにされるだけだ。

そんな強引なやり方を続けるのであれば、君との関係も今日限りにしよう」

「先生、ご冗談を。私は、先生の後継者として地熱振興に人生を懸けているんです」

「ならば、私の最後のお願いを聞いてくれ。焦りは禁物だ。伊豆君の指示に従って欲しい。そして末永く地熱を盛り立ててくれ」

「分かりました、心改めます。伊豆さん、よろしく御指導ください」

*

一ヶ月後に開会された臨時国会で、地熱法案は複数成立した。

従来、温泉法、国有林野法、鉱山保安法などの法律によって阻まれていた地熱開発のルールが、一元化されただけではなく、安定したエネルギー供給を実現するための具体的な事業支援のルールも法律内で規定された。

仁科が安藤との約束を守り、伊豆の下で粛々と動いたのも奏功した。

参議院で、地熱法が賛成多数で可決されたのを見守った直後、安藤大志郎は九五年の生涯を終えた。

エピローグ

三年後——

イアン・ブラナーは、窓の向こうに見える超臨界地熱資源開発の鉄塔を見つめていた。

東北大学の職員と学生による投票によって、学内での超臨界地熱資源開発の賛成が圧倒的だったのを受けて、ブラナーは、副総長と兼務しその開発責任者を引き受けた。

さらに、日英英才教育総合研究所長にも就き、日英連携のアカデミアの拠点を東北大に据えた。

それにしても、あれは何だったんだろうか。

前政権時に、内閣参与の打診を受けた際の総理親書は、奇妙な内容だった。

〝日本と英国の親密な関係の強化及び日本に於《お》ける地熱開発を牽引《けんいん》するために、内閣参与をぜひ、お引き受け戴《いただ》きたい。

そして、近い将来、東北大学で始まる超臨界地熱資源の開発時には、責任者を務めて戴ければ幸いです。

私は、洋上風力推進の旗を降ろします。

そして、先生の御指導の下、日本が地熱大国になるよう尽力します〟

内閣参与を引き受けて初めて官邸に行き、坂部総理に会った時、「熱い想いの込もった親書に感動しました」と告げると、坂部は意味が分からないという表情を浮かべた。

その後、何度話し合っても、総理が地熱に心血を注いでいるようには思えなかった。

親書について、尋ねようと思っている内に、内閣は瓦解《がかい》してしまった。

準備が整ったと実香が声を掛けてきた。仙台日報を退職した彼女は、今やブラナー専属の広報官である。その隣には日英英才教育総合研究所の若き研究員の秋吉麻友が、黒いスーツ姿で立っている。

いよいよ、超臨界地熱資源開発の工事が着工する。その式典が今から始まるのだ。

＊

ついにここまで来た。

僕はやってのけた！

安藤先生、見てらっしゃいますか。

これで、日本は先進国でただ一国、熾烈《しれつ》なエネルギー危機においても、生き残れる術《すべ》を手に入れたんです。

仁科はリグが建つはるか上方の空を見上げた。黒い雲が空を覆いつつあったが、それすら気にならない。

ビットの音に共鳴するように、心臓の高鳴りが手に伝わってくる。

大きな目標を成し遂げた。

だが、これはまだ革命の始まりに過ぎない。

政権が代わるごとに、エネルギー安全保障の考えが変わるような国は、先進国と言えない。

誰が総理になっても、日本のエネルギー政策の中心に地熱があるように、次の手を打たなければ。

安藤大志郎の戒めを従順に守るつもりはなかったが、自らの手を汚す行為はそろそろ封印しようと考えていた。

それに、極めて有能な伊豆が、今後も支えてくれるだろう。

坂部や江口のように、不正を働いてはいけない。

我が手を汚さず、国を動かす――。

「仁科先生、ちょっと面白いネタが転がり込んできました」

野心と突破力を有した若き後継者が、仁科に近づいていかにも嬉《うれ》しそうに、「面白いネタ」を囁《ささや》いた。

＊

「玉田さん、昨夜、深度四五〇〇メートルを超えました。そろそろ超臨界地熱流体層に当たる気がします」

葛根田超臨界地熱資源開発の現場に出勤した玉田に、開発本部長を務める御室純平が、声をかけた。

玉田は、全国五カ所で行われている超臨界地熱資源開発の現場統括責任者として、各地を巡回している。

確認作業を終えた玉田は、純平と共に事務所の外に出た。

既に、外気は氷点下だが、興奮している二人には、むしろ心地よかった。

「そろそろ始まりますね」

純平に言われて、腕時計を見遣《みや》る。

「君は、セレモニーに出席すれば良かったのに」

「ああいう堅苦しい場が、苦手なんです」

「それは分かる。私も現場が一番安心する」

「いよいよ大雪山での開発に着手されるそうですね」

地熱開発としては、国内最大となる巨大プロジェクトの認可が下り、玉田は、そちらに専念する予定だ。

「三〇万キロワットなんて凄《すご》いですよ、痺《しび》れます」

地熱法の制定によって地元交渉が迅速化した。さらに、政府が地熱開発への潤沢な投資を働きかけたことで、民間からの投資が急増し、開発予算が爆発的に膨らんだ。

そこに総合商社が人材、技術開発支援資金、そして、世界中から高性能の調査機器や掘削関連品を調達して、調査着手から三年から五年で、運転開始が可能になった。

開発速度はカネ次第と、安藤が言っていたが、玉田は今、それを実感していた。

だが、法律でもカネでも「買えないもの」がある。

「楽観した瞬間、地熱はトラブルが起きる。一秒たりとも油断するな――君のお祖父《じい》様の口グセだったよ。だけど、何が起きようとも、諦《あきら》めないこと。研究開発に失敗はない。それは、大きな成功を得るための貴重な成果なんだと思って下さい」

そして、玉田は純平に握手を求めた。

「地熱が、日本を救う――。我々で証明してみせよう」

＊

風の強い屋外セレモニーとなった。

安藤幸二はコートの襟を立てながら、会場を見渡していた。そこにいるのは、皆、地熱に希望を託し、艱難辛苦《かんなんしんく》を乗り越えてきた同志だった。

シェイクスピアの台詞《せりふ》が浮かびかけた時、背後から声をかけられた。

伊豆だった。

少し会わない間に、随分老けたようにも見える。

「伊豆さん、ご尽力、ありがとうございました。祖父も、喜んでいると思います」

伊豆と仁科の頑張りがなければ、今日を迎えられなかった。

「いえ、私は雑務をこなしたに過ぎません。地熱業者や多くの関係者を根気よく取りまとめて下さった安藤さんこそ、功労者ですよ。

それにしても、こんな場所に地熱発電所ができるなんて、感慨深いですな」

「同感です。長年この仕事に携わっていても、今なお地熱は謎ばかり。いや、頭の悪い私には、理解不能なことばかりです。

それと同時に、地熱と関わってからずっと、自分たちは地球と繋《つな》がっていると実感しています」

「地球と繋がっている——。確かにそうですな」

妙子、これから君の夢が日本中で花を咲かせるよ。

謝辞

本作品を執筆するに当たり、
関係者の方々からご助力を戴きました。深く感謝申し上げます。
お世話になった方を、以下に順不同で記します。
ご協力、本当にありがとうございました。
なお、ご協力戴きながら、ご本人のご希望やお立場を配慮してお名前を伏せさせて戴いた方
もいらっしゃいます。

安川香澄、浅沼 宏
中田晴弥、藤貫秀宣
去田 淳
金澤裕美、柳田京子、河野ちひろ

【順不同・敬称略】
二〇二三年一二月

〈初出〉
第一章　「小説 野性時代」特別編集 二〇二二年冬号
ほか全て書き下ろし

真山 仁（まやま　じん）
1962年、大阪府生まれ。同志社大学法学部政治学科卒。新聞記者、フリーライターを経て、2004年、企業買収の壮絶な裏側を描いた『ハゲタカ』でデビュー。同シリーズはドラマ化、映画化され大きな話題を呼ぶ。他の著書に『マグマ』『売国』『当確師』『オペレーションZ』『トリガー』『ロッキード』『レインメーカー』『墜落』『タングル』など多数。

ブレイク

2023年12月25日　初版発行

著者／真山《まやま》 仁《じん》

発行者／山下直久

発行／株式会社KADOKAWA
〒102-8177　東京都千代田区富士見2-13-3
電話　0570-002-301（ナビダイヤル）

印刷所／大日本印刷株式会社

製本所／本間製本株式会社

●お問い合わせ
https://www.kadokawa.co.jp/（「お問い合わせ」へお進みください）
※内容によっては、お答えできない場合があります。
※サポートは日本国内のみとさせていただきます。
※Japanese text only

定価はカバーに表示してあります。

ISBN 978-4-04-113530-3　C0093